母親《ははおや》の三人目《にんめ》の
再婚相手《さいこんあいて》とはギクシャク
東京《とうきょう》の女子高《じょしこう》ではハブ

自分《じぶん》の居場所《いばしょ》を探《さが》しに

まっさらな新天地《しんてんち》へ――

そんなこんなで
住友糸真《すみともしま》(17)は、
実《じつ》の父親《ちちおや》のいる
北海道《ほっかいどう》・札幌《さっぽろ》へとお引《ひ》っ越《こ》し

新《あたら》しい家《いえ》
新《あたら》しい学校《がっこう》
新《あたら》しい友《とも》だち

そして対照的《たいしょうてき》な二人《ふたり》の男《おとこ》の子《こ》との出会《であ》い……

スミレもよろしくね♪

ここで
糸真《しま》は“主人公《プリンシパル》”になれるの？

プリンシパル
～恋する私はヒロインですか？～
映画ノベライズ みらい文庫版

いくえみ綾・原作／カバーイラスト
百瀬しのぶ・著
持地佑季子・脚本

集英社みらい文庫

人物《じんぶつ》紹介《しょうかい》&《アンド》相関図《そうかんず》

三浦真智《みうらまち》

糸真《しま》の実《じつ》の母親《ははおや》。恋多《こいおお》き女性《じょせい》で、再婚《さいこん》と離婚《りこん》をくりかえしている。

三人目《にんめ》の再婚相手《さいこんあいて》

金沢雄大《かなざわたけひろ》

体《からだ》が大《おお》きな爽《さわ》やか男子《だんし》。晴歌《はるか》を通《とお》して糸真《しま》と出会《であ》い、好《す》きになる。

中学生時代《ちゅうがくせいじだい》
同《おな》じクラス

同《おな》じクラス

国重晴歌《くにしげはるか》

転校《てんこう》してきた糸真《しま》に急接近《きゅうせっきん》して友《とも》だちになった。弦《げん》のことが好《す》きで、彼《かれ》に近《ちか》づく女《おんな》には…!?

同《おな》じクラスの
仲《なか》よしグループ

工藤梨里《くどうりり》

菅原怜英《すがわらさとえ》

桜井由香里
和央の母親。スーパーで働いている

住友泰弘
糸真の実の父親で、仕事は翻訳家。和央の母親に恋をする。

スミレ
桜井家で飼われている犬(♀)。

桜井和央
弦の幼なじみで、同じく学校の人気者。病弱だけれど、ゆるふわな王子様系モテ男子。

住友糸真
東京の学校でハブられ札幌に転校してきた。まだ本気の恋をしたことのない女子高校生。

舘林 弓
弦の姉で、糸真たちが通う高校の音楽の先生。

舘林 弦
上から目線の俺様系モテ男子。学校イチの人気者で、和央を過保護にかわいがっている。

- 桜井由香里 ♥→ 住友泰弘
- 桜井由香里 ♥? 住友泰弘
- 桜井和央 ↔ 住友糸真（同じクラス・近所）
- 桜井和央 ↔ 舘林 弓（幼なじみ ♥?）
- 桜井和央 ↔ 舘林 弦（幼なじみ）
- 舘林 弓 ← 姉弟 → 舘林 弦
- 住友糸真 ↔ 舘林 弦（同じクラス・近所）

もくじ

1. 私《わたし》の居場所《いばしょ》はどこ？

空《そら》が高《たか》い。
車《くるま》の窓《まど》にへばりついていた住友糸真《すみともしま》は、思《おも》わず声《こえ》をあげた。
「うわぁ」
ひたすら高《たか》い。
まっ白《しろ》な雪景色《ゆきげしき》の上《うえ》に、すみきった青空《あおぞら》が広《ひろ》がっている。
白《しろ》と水色《みずいろ》のコントラストがこんなにきれいだなんて、はじめて知《し》った。
そりゃあ北海道《ほっかいどう》だもんね。
広大《こうだい》な景色《けしき》も、そして寒《さむ》さも、東京《とうきょう》とはスケールがちがう。
もっと空《そら》を見《み》あげたくなって、糸真《しま》は後部座席《こうぶざせき》の窓《まど》を開《あ》けた。
そのとたんに、顔《かお》がキーンと冷《つめ》たくなった。
ひゃー。
目《め》を細《ほそ》めながらも、スマホをだして、シャッターを切《き》る。

って別《べつ》に、送《おく》るあてもないんだけど。

「ねえ、お父《とう》さん」

糸真《しま》は、運転席《うんてんせき》の父《ちち》、住友泰弘《すみともやすひろ》に声《こえ》をかけた。

「もし庭《にわ》にキツネが出《で》てきたらそれは飼《か》ってもいいの？」

「あぁー、だめだめだめだめ、キツネは野生《やせい》の動物《どうぶつ》だからね、それとエキノコックスっていうこわーい寄生虫《きせいちゅう》がいるからだめだよ」

泰弘《やすひろ》はハンドルを握《にぎ》りながら声《こえ》をあげる。

「んー、なんだそっか〜。あ！　じゃあさじゃあさ、エゾシカ出《で》てきたらいっしょに写真撮《しゃしんと》ってくれる？」

糸真《しま》は、はしゃいだ声《こえ》をあげながらたずねた。

「糸真《しま》ちゃん、おうちがある場所《ばしょ》は札幌《さっぽろ》の中心部《ちゅうしんぶ》だから、キツネもシカもいないかなぁ〜」

糸真《しま》ちゃん、というそのひびき。

小《ちい》さいころの呼《よ》び方《かた》と変《か》わらない。泰弘《やすひろ》は糸真《しま》を完全《かんぜん》に子《こ》どもあつかいしている。

でも、いっしょに暮《く》らすのは十年《ねん》ぶり……つまり、小学校《しょうがっこう》一年生《ねんせい》以来《いらい》だから、ま、しかたないか。

それにしても、キツネやシカがひょっこり家《いえ》の庭《にわ》に顔《かお》をだしたりするのかな、と思《おも》っていたのに残念《ざんねん》。

「ええ～、そうなんだ～つまんな～い」

糸真《しま》も子《こ》どものように唇《くちびる》をとがらせてみる。

そこに、メールが着信《ちゃくしん》した。

スマホの画面《がめん》を見《み》ると『三浦真智《みうらまち》』。糸真《しま》の母《はは》からだ。〝三浦《みうら》〟は、真智《まち》の新《あたら》しい姓《せい》。

でも糸真《しま》は〝三浦《みうら》〟糸真《しま》になれなくて……住友糸真《すみともしま》として、ここ、札幌《さっぽろ》にやってきた。

メールを開《ひら》くと、『糸真《しま》ちゃんへ』というタイトルが目《め》に飛《と》びこんでくる。

ふう。

大《おお》きく深呼吸《しんこきゅう》をしてから、本文《ほんぶん》を開《ひら》いた。

『あなたと離《はな》れて暮《く》らすことになるとは、お母《かあ》さんは夢《ゆめ》にも思《おも》っていませんでした。東京《とうきょう》ではいろいろあったけど、新《あたら》しい環境《かんきょう》が糸真《しま》ちゃんにとっていいことになりますように。あ、いいこ とっていうのは、そうね、たとえば……恋《こい》に落《お》ちるとかかな！』

メールを打《う》っているときの真智《まち》の顔《かお》が目《め》に浮《う》かぶ。

私《わたし》は四回《よんかい》も結婚《けっこん》したお母《かあ》さんとはちがうんだ。

そんなカンタンに〝恋《こい》〟なんて、できるわけがないじゃない。

糸真《しま》は今度《こんど》は小《ちい》さくため息《いき》をついて、窓《まど》の外《そと》を見《み》た。

それにしても、この並木道《なみきみち》、どこまでつづくんだろう。車《くるま》、全然走《ぜんぜんはし》ってないし。

ここに来《く》るって決《き》めたとき「札幌《さっぽろ》は都会《とかい》だから、東京《とうきょう》とそんなに変《か》わらないよ」って、泰弘《やすひろ》は言《い》ったけど、やっぱり全然《ぜんぜん》ちがう。ちがいすぎる。

「やっほぉぉぉぉぉ！」

窓《まど》から顔《かお》をだして、思《おも》いっきり叫《さけ》んでみた。

雪景色《ゆきげしき》に、声《こえ》が吸《す》いこまれていく。

糸真《しま》のこのモヤモヤした思《おも》いも、いっしょに吸《す》いこまれてなくなってしまえばいいのに。

「あ、危《あぶ》ないって、糸真《しま》ちゃん！」

泰弘《やすひろ》はあわてているけれど……糸真《しま》はそのままひんやりとした風《かぜ》に吹《ふ》かれていた。

これからはこの街《まち》が、糸真《しま》の居場所《いばしょ》になる。


引《ひ》っ越《こ》してきてすぐに、初登校《はつとうこう》の日《ひ》がやってきた。糸真《しま》の転校先《てんこうさき》は札幌《さっぽろ》にある私立札恵高校《しりつさつえいこうこう》の二年四組《ねんくみ》。制服《せいふく》はセーラー服《ふく》。転校前《てんこうまえ》はブレザーだったから新鮮《しんせん》な気分《きぶん》。

担任《たんにん》の鶴巻先生《つるまきせんせい》の後《あと》について、教室《きょうしつ》に向《む》かう。

『住友糸真《すみともしま》』

先生《せんせい》が黒板《こくばん》に大《おお》きく名前《なまえ》を書《か》いた。こんなふうに黒板《こくばん》に名前《なまえ》を書《か》かれてクラスメイトに紹介《しょうかい》される日《ひ》が来《く》るなんて。ドラマの主人公《しゅじんこう》みたいでちょっとドキドキする。

「住友糸真《すみともしま》です。よろしくお願《ねが》いします」

緊張《きんちょう》しながらも、どうにか笑顔《えがお》を作《つく》ってぺこりと頭《あたま》をさげた。

パチパチパチ。

女子《じょし》たちが拍手《はくしゅ》をしてくれて、ホッとする。

「じゃあ、席用意《せきようい》するまで、今日《きょう》はそこの空《あ》いてるとこ、舘林《たてばやし》のとなり、座《すわ》っといて」

先生《せんせい》は窓側《まどがわ》から二番目《ばんめ》、前《まえ》から四列目《れつめ》の席《せき》を指《さ》した。

そこだけが一《ひと》つ、空《あ》いている。

「あ、はい」

糸真《しま》は左右《さゆう》のクラスメイトたちに「お願《ねが》いします、お願《ねが》いします。お願《ねが》いします」と頭《あたま》をさげながら、空《あ》いている席《せき》を目指《めざ》した。

「よろしくねー」

声《こえ》をかけてくれる女子《じょし》たちにも、ぎこちなく笑顔《えがお》をかえしながら、糸真《しま》は席《せき》に向《む》かった。

となりの席《せき》の子《こ》にもちゃんと声《こえ》をかけなくちゃ。

「よろしくお願《ねが》いします」

右《みぎ》どなりの席《せき》の男子《だんし》に笑顔《えがお》であいさつをして座《すわ》ろうとすると、

「そこ、おまえの席《せき》じゃねえから」

と、その男子《だんし》が、ものすごい目《め》つきで糸真《しま》をにらみつけてきた。

「え……」

なに……かな。意味《いみ》がわからないんですけど。

心《こころ》の中《なか》でそう思《おも》いながら、糸真《しま》は椅子《いす》を引《ひ》いた。

「そこは和央《わお》の席《せき》だ！」

「わ……お？」

糸真《しま》は首《くび》をかしげた。

「弦《げん》、こえー」

「弦《げん》、和央《わお》の席《せき》には座《すわ》らせたくないんだね」

教室中《きょうしつじゅう》が、ざわざわする。どうやら、彼《かれ》は弦《げん》、という名前《なまえ》で、ここが和央《わお》、っていう子《こ》の席《せき》みたい。

「舘林《たてばやし》、わかってるって。あとで机《つくえ》持《も》ってくるから、今《いま》だけ今《いま》だけ」

先生《せんせい》がなだめたけれど、弦《げん》はまだ糸真《しま》をにらみつけている。

犬《いぬ》だったらガルルルル、といううなり声《ごえ》が聞《き》こえてきそうな表情《ひょうじょう》だ。

糸真《しま》はなるべく弦《げん》の方《ほう》を見《み》ないようにして、椅子《いす》に座《すわ》った。

「糸真《しま》ってかわいい名前《なまえ》だね」

朝《あさ》のホームルームはつづいているけれど、左《ひだり》どなりの席《せき》の女子《じょし》が話《はな》しかけてきた。セーラー服《ふく》の上《うえ》には薄紫色《うすむらさきいろ》のカーディガン。ゆるく巻《ま》いた髪《かみ》を二《ふた》つに結《むす》んでいて、全体的《ぜんたいてき》にふんわりした雰《ふん》囲気《いき》のかわいい女子《じょし》だ。

「あ、ありがとう」

「ねぇねぇ、この時期《じき》に転校《てんこう》って珍《めずら》しいね」

その女子《じょし》は笑《え》みを浮《う》かべて言《い》う。

「親《おや》の関係《かんけい》で」

たしかに今《いま》は二年生《ねんせい》の秋《あき》。自分《じぶん》でも、高《こう》二の途中《とちゅう》で転校《てんこう》するなんて予想外《よそうがい》だった。

ガタン。

と、突然《とつぜん》、反対側《はんたいがわ》で音《おと》がした。

見《み》ると、弦《げん》が立《た》ちあがって糸真《しま》をにらんでいる。

「おい、おまえ無視《むし》すんじゃねえ！　そこは和央《わお》の席《せき》だ！」

弦《げん》が糸真《しま》を怒鳴《どな》りつける。

「ちょっと、弦《げん》」

二《ふた》つ結《むす》びの女子《じょし》が注意《ちゅうい》してくれるけれど、弦《げん》は聞《き》いていない。教室内《きょうしつない》がざわついている中《なか》、糸真《しま》は唇《くちびる》をぎゅっと結《むす》び、弦《げん》を見《み》あげた。

プチ。

弦《げん》と目《め》が合《あ》ったとき、糸真《しま》の中《なか》でなにかがキレる音《おと》がした。

「住友《すみとも》さん？」

その女子《じょし》が心配《しんぱい》そうに声《こえ》をあげたけれど……。

バン！

糸真《しま》は机《つくえ》をたたいて、立《た》ちあがった。そして弦《げん》と真正面《ましょうめん》から向《む》かいあう。

「だったら、あんたが席《せき》でも机《つくえ》でも用意《ようい》すればいいでしょ！　私《わたし》は言《い》われたところにいるだけなんだから！　私《わたし》はもうどこにも、行《い》けないの！」

糸真《しま》は、自分《じぶん》よりずっと背《せ》の高《たか》い弦《げん》に向《む》かって言《い》いかえした。

弦《げん》がぽかんと口《くち》を開《あ》けている。

フン。
糸真《しま》は勢《いきお》いよく席《せき》に座《すわ》った。
でも……。
次《つぎ》の瞬間《しゅんかん》、ハッと冷静《れいせい》になった。
周囲《しゅうい》を見《み》わたすと、弦《げん》も、クラスメイトたちも、ぽかんと口《くち》を開《あ》けていた。
まわりの生徒《せいと》たちはしんと静《しず》まりかえっていたけれど、またざわつきはじめる。
まずい。転校初日《てんこうしょにち》から、やらかした……。
糸真《しま》はハッとして机《つくえ》に伏《ふ》せた。
どうしよう……。
困《こま》り果《は》てていると、二《ふた》つ結《むす》びの女子《じょし》があはは、と笑《わら》いだす。
「だいじょうぶ？」
その子《こ》に声《こえ》をかけられて、糸真《しま》は顔《かお》をあげた。
「私《わたし》、国重晴歌《くにしげはるか》です。晴歌《はるか》でいいからさ、住友《すみとも》さんも糸真《しま》でいいかな？」
晴歌《はるか》はにっこり笑《わら》ってくれた。
たれ目《め》でくしゃっと笑《わら》う顔《かお》がすごくかわいくて、なんだかやさしそう。

こんな子《こ》に声《こえ》をかけてもらって、うれしいな。

「うん」

糸真《しま》も笑顔《えがお》をかえす。

「私《わたし》は怜英《さとえ》」

糸真《しま》の前《まえ》の席《せき》の菅原《すがわら》怜英《さとえ》と、

「私《わたし》、梨里《りり》。よろしくね」

晴歌《はるか》の前《まえ》の工藤《くどう》梨里《りり》が、振《ふ》りかえって笑《わら》いかけてくれる。

「うん」

糸真《しま》は照《て》れ笑《わら》いを浮《う》かべながらうなずいた。

「はい、じゃあ出席《しゅっせき》取《と》りまーす」

先生《せんせい》が言《い》い、生徒《せいと》たちはみんな何事《なにごと》もなかったかのように、前《まえ》を向《む》いた。


最初《さいしょ》のきっかけは、学校《がっこう》だった。

東京《とうきょう》で入学《にゅうがく》したのは、女子校《じょしこう》。

グループになった子《こ》たちはみんなキャピキャピしてて、いつもファッションや男《おとこ》の子《こ》の話《はなし》をしていて……もちろん糸真《しま》だってそういう話《はなし》は嫌《きら》いじゃない。

だけど、なんとなく肌《はだ》にあわなかった。

そんなときに、真智《まち》が四度目《どめ》の結婚《けっこん》をすることになった。

なんか、その男《おとこ》、趣味悪《しゅみわる》くない？

新《あたら》しい父親《ちちおや》を、糸真《しま》はどうしても好《す》きになれなかった。

いっしょに暮《く》らすようになった新《あたら》しい父親《ちちおや》と真智《まち》が食卓《しょくたく》にいると、糸真《しま》はその場《ば》にいたくなくなって、自分《じぶん》だけ別《べつ》に食《た》べた。

もう、家《いえ》はつまらない。

じゃあ、友《とも》だちと遊《あそ》べばいいや。

それから糸真《しま》は、学校《がっこう》の派手《はで》なグループの女《おんな》の子《こ》たちと、放課後《ほうかご》、遅《おそ》くまで遊《あそ》ぶようになった。

「は？　まじありえなくね？」

「それ、ウザいんですけど〜」

学校《がっこう》には女子《じょし》だけしかいないから、みんな遠慮《えんりょ》がない。

口《くち》も悪《わる》いけれど、でも、ガンガンいろんなことを言《い》いあえることが、仲《なか》のよさの証拠《しょうこ》でもあった。

だから……だんだんと遠慮《えんりょ》がなくなってきて、ある日《ひ》、糸真《しま》は大《おお》きな失敗《しっぱい》をしてしまった。

「髪《かみ》の毛《け》切《き》りすぎちゃったかなー」

廊下《ろうか》を歩《ある》きながら前髪《まえがみ》を気《き》にするグループの子《こ》の髪形《かみがた》を見《み》て、

「ちょっと変《へん》だよ」

そう言《い》ってあはは、と笑《わら》った。

糸真《しま》だけじゃなくて、みんなも笑《わら》っていたはずだった。なのに……。

「はぁ？」

髪《かみ》の毛《け》を切《き》った子《こ》が、突然《とつぜん》、ムッとした表情《ひょうじょう》を浮《う》かべた。

その瞬間《しゅんかん》、空気《くうき》が凍《こお》って、次《つぎ》の日《ひ》からハブられて孤立《こりつ》することに。

あそこは「そんなことないよー、似合《にあ》ってるよ」って言《い》ってあげるのが正解《せいかい》だった。そう気《き》づいたときには遅《おそ》かった。

それからは休《やす》み時間《じかん》も、昼休《ひるやす》みも、ずっと一人《ひとり》だった。

もう学校《がっこう》になんか行《い》きたくない。

だからといってこの家《いえ》にいるとお母《かあ》さんや、新《あたら》しい父親《ちちおや》と顔《かお》を合《あ》わせなくちゃいけないし……。

糸真《しま》は自分《じぶん》の部屋《へや》にこもった。

ベッドの横《よこ》で膝《ひざ》を抱《かか》えていると、コンコン、と、ノックの音《おと》が聞《き》こえた。

「し〜まちゃん、どうしたの〜？　失恋《しつれん》でもした〜？」

真智《まち》がのんきに声《こえ》をかけてきたけれど、糸真《しま》はかたくなに出《で》ていかなかった。

そんな糸真《しま》を心配《しんぱい》した真智《まち》が、泰弘《やすひろ》に電話《でんわ》をかけて、相談《そうだん》した。

それからあれこれとやりとりがあって、糸真《しま》は、泰弘《やすひろ》が暮《く》らす札幌《さっぽろ》に引《ひ》っ越《こ》してくることになった。

というか、この場所《ばしょ》に、逃《に》げてきた。


ここに、居場所《いばしょ》はあるのかな。

マフラーに顔《かお》をうずめながら、糸真《しま》が学校《がっこう》からとぼとぼと帰《かえ》ってくると、ガレージに泰弘《やすひろ》がいた。

泰弘《やすひろ》は翻訳家《ほんやくか》だから、たいてい一日中《いちにちじゅう》、家《いえ》にいる。

あれ？　と、糸真《しま》は首《くび》をかしげた。ガレージには泰弘《やすひろ》といっしょにゴールデンレトリバーと、糸真《しま》と同《おな》じ年《とし》ぐらいの男《おとこ》の子《こ》がいる。

「ただいまぁ」

「おお！　おかえり、糸真《しま》ちゃん」

犬《いぬ》をなでていた泰弘《やすひろ》が言《い》うと、

「おかえりなさ〜い」

うしろを向《む》いていた男《おとこ》の子《こ》が振《ふ》りかえった。

「えっ？」

糸真《しま》は男《おとこ》の子《こ》をじっと見《み》つめた。

真冬《まふゆ》だっていうのに、上着《うわぎ》も着《き》ないで、白《しろ》いセーターに紺色《こんいろ》のマフラーだけの男《おとこ》の子《こ》は、コホコホと咳《せ》きこみながらも、糸真《しま》を見《み》て笑《わら》っている。

無造作《むぞうさ》だけどさらさらの黒髪《くろかみ》に大《おお》きな黒目《くろめ》がちの目《め》。

そのへんの女《おんな》の子《こ》よりもずっとかわいい顔《かお》をしている。

「あの……」

言《い》いかけた糸真《しま》をさえぎって、

「ご近所《きんじょ》の和央《わお》くんとスミレちゃん」

泰弘《やすひろ》は言《い》った。そして、

「あ、こちら娘《むすめ》の糸真《しま》ちゃん」

と、紹介《しょうかい》する。

「わ……お？」

それってつまり……今日《きょう》、教室《きょうしつ》であのとなりの席《せき》の弦《げん》が言《い》っていた、和央《わお》？

目《め》の前《まえ》にいる彼《かれ》のこと？

和央《わお》はにっこり笑《わら》って、糸真《しま》にぺこりと会釈《えしゃく》をする。

顔《かお》がくしゃっとなって、大《おお》きな瞳《ひとみ》がたれ目《め》になって……。

この笑顔《えがお》……破壊力抜群《はかいりょくばつぐん》だ。

糸真《しま》は思《おも》わず照《て》れてしまう。

「おじさん、子《こ》どもいたんだ」

和央《わお》が泰弘《やすひろ》に言《い》う。

「うん。別《わか》れた奥《おく》さんとこにいたんだけどね、またいっしょに暮《く》らすことになって。めんこいでしょ、うちの娘《むすめ》」

「ちょ、ちょっとお父《とう》さん！　やめてよ」

そんな恥《は》ずかしいこと言《い》わないでほしい。

そもそも、和央《わお》の方《ほう》が私《わたし》よりもよっぽどかわいいし！

でも泰弘《やすひろ》はそのまま家《いえ》の中《なか》に引《ひ》っこんでいってしまった。

「その制服《せいふく》、うちの学校《がっこう》のだね」

和央《わお》は糸真《しま》の目《め》をまっすぐに見《み》つめて、ずっとニコニコしている。

その笑顔《えがお》に、糸真《しま》はメロメロになりそうだ。

いや、もうなっているのかも。

糸真《しま》はしゃがみこんで、スミレをなでた。

でも、さっきから気《き》になっていたことがある。

「あ、……足首《あしくび》。寒《さむ》いなら足首《あしくび》あっためないと」

糸真《しま》は和央《わお》の足元《あしもと》を見《み》て言《い》った。

この北海道《ほっかいどう》の寒空《さむぞら》の下《した》、靴下《くつした》をはいていない。裸足《はだし》にスニーカーだ。

「あぁ……僕《ぼく》、靴下《くつした》が死《し》ぬほど嫌《きら》いなんだ」

和央《わお》は顔《かお》をくしゃくしゃにして笑《わら》う。

な、なんてかわいいんだろう。

糸真《しま》がうっとりと見《み》とれていると、

「和央《わお》〜」

家《いえ》の前《まえ》の道《みち》の方《ほう》から、和央《わお》を呼《よ》ぶ声《こえ》が近《ちか》づいてきた。

「お〜い、弦《げん》〜！」

和央《わお》が手《て》をふる。和央《わお》は着《き》ているセーターがぶかぶかで、袖口《そでぐち》から手《て》が出《で》なくて隠《かく》れてしまってる。やっぱり……かわいい。糸真《しま》の胸《むね》がキュン、と音《おと》を立《た》てる。

でも近《ちか》づいてくるのは、なんと弦《げん》だ。

「うわ！」

あのめちゃくちゃ感《かん》じ悪《わる》い男《おとこ》。

糸真《しま》はビクリとして立《た》ちあがった。

「おまえ！　なんでここにいんのよ！」

弦《げん》も糸真《しま》の顔《かお》を見《み》て、不機嫌《ふきげん》な声《こえ》をあげる。

「だってここ、私《わたし》の家《いえ》だもん」

「なんだと！」

弦《げん》はさらに声《こえ》をはりあげた。

なんだと、と言《い》われたところで、事実《じじつ》、ここは糸真《しま》の家《いえ》だ。

「あれ？　二人《ふたり》、友《とも》だちだったんだ」

和央《わお》が笑顔《えがお》で言《い》った。

「友《とも》だちなんかじゃねぇし！」

弦《げん》がその場《ば》の空気《くうき》をぶちこわした。

は？

こっちだってあんたのこと、友《とも》だちだなんて思《おも》ってないし。

にらみつけてくる弦《げん》に負《ま》けじと、糸真《しま》も弦《げん》をにらみかえした。

「和央《わお》、帰《かえ》るべ」

弦《げん》はプイッと横《よこ》を向《む》いて、歩《ある》きだした。

和央《わお》をずっと見《み》ていたいのに、弦《げん》って本当《ほんとう》にムカつくヤツ！

「うん」

和央《わお》は弦《げん》にうなずくと、

「ごめんね」

糸真《しま》にささやいた。

顔《かお》が近《ちか》い。

和央《わお》がはく白《しろ》いため息《いき》が耳《みみ》にかかる。

それに、上目《うわめ》づかいのその表情《ひょうじょう》、反則《はんそく》だ。

「和央《わお》!」

先《さき》に歩《ある》いていた弦《げん》が、せかすように和央《わお》を呼《よ》ぶ。

「したっけ、また明日学校《あしたがっこう》で」

和央《わお》はスミレのリードをつかみ、弦《げん》を追《お》いかけていった。

スミレはおつきの者《もの》のように、素直《すなお》に和央《わお》に従《したが》って歩《ある》いていく。

和央《わお》の華奢《きゃしゃ》な背中《せなか》を見送《みおく》っていた糸真《しま》は、

「しい……たけ?」

と、首《くび》をかしげた。

したっけ。

うん、きっと方言《ほうげん》だ。

あとでお父《とう》さんに意味《いみ》を聞《き》こう。

「あ！」

糸真《しま》は気《き》づいて、ガレージから走《はし》りでていく。

「明日《あした》また学校《がっこう》で！」

糸真《しま》が和央《わお》に声《こえ》をかけると、二人《ふたり》が同時《どうじ》に振《ふ》りかえった。

和央《わお》は笑顔《えがお》で手《て》をふり、弦《げん》はあっかんべーをしてくる。

なにそれ、ムカつく！

和央《わお》と笑顔《えがお》で手《て》をふりあっていた、しあわせな時間《じかん》と空間《くうかん》が弦《げん》のせいでだいなしなんですけど！

そう思《おも》いつつ、糸真《しま》は二人《ふたり》の背中《せなか》をじっと見《み》ていた。

背《せ》の高《たか》い弦《げん》が、和央《わお》を守《まも》るように歩《ある》いていく。

弦《げん》がなにか声《こえ》をかけると、和央《わお》がことわるように首《くび》をふった。

でも弦《げん》は自分《じぶん》のコートを脱《ぬ》いで和央《わお》の肩《かた》にかけた。

あいつ、自分《じぶん》は寒《さむ》くないのかな。性格悪《せいかくわる》そうなくせに、和央《わお》にはやさしいんだ。

和央《わお》……。

その名前《なまえ》を胸《むね》の中《なか》でつぶやいただけで、胸《むね》がぎゅっとしぼられたようになる。

『たとえば、恋《こい》に落《お》ちるとかかな！』

真智《まち》からのメールの文字《もじ》が、よみがえってくる。
「……おちる？」
今度《こんど》は声《こえ》にだしてみた。
お母《かあ》さん、心配《しんぱい》しないでください。
私《わたし》はこの新《あたら》しい場所《ばしょ》で、必《かなら》ず主役《しゅやく》になってみせるから。
私《わたし》は心《こころ》の中《なか》でつぶやいた。

2. 恋《こい》のぬけがけ禁止令《きんしれい》

おはよー。

翌朝《よくあさ》、みんながあいさつをかわす中《なか》、糸真《しま》は二年《ねん》四組《くみ》の下駄箱《げたばこ》で、靴《くつ》を履《は》きかえていた。

「おはよ！」

そこに晴歌《はるか》が歩《ある》いてきて、ポン、と肩《かた》をたたく。

「あ、おはよ」

糸真《しま》が振《ふ》りかえったとたんに、晴歌《はるか》がぷーっとふきだした。

「糸真《しま》、その恰好《かっこう》……」

「……なにか、変《へん》？」

糸真《しま》は自分《じぶん》の全身《ぜんしん》を見《み》た。

今日《きょう》は昨日《きのう》より寒《さむ》かったから、ダッフルコートの上《うえ》にダウンジャケットを着《き》た。さらに頭《あたま》には
ニット帽《ぼう》。耳《みみ》も冷《ひ》やしちゃいけないからその上《うえ》から耳当《みみあ》てもしている。

でも……まわりを見《み》まわしてみると、ピーコートやダッフルコートだけ。

東京《とうきょう》の学校《がっこう》の子《こ》たちと同《おな》じような服装《ふくそう》だ。

雪《ゆき》なのに、寒《さむ》くないのかな。気合《きあ》いいれてカイロも用意《ようい》してきたんだけど。

「糸真《しま》って、かわいいね」

そう言《い》って、目《め》の前《まえ》で笑《わら》う晴歌《はるか》の笑顔《えがお》の方《ほう》がよっぽどかわいいんですけど。

糸真《しま》はなんだか照《て》れてしまう。

すると、弦《げん》と和央《わお》が並《なら》んで登校《とうこう》してきた。

弦《げん》は咳《せ》きこむ和央《わお》のカバンを持《も》ち、かばうようにして歩《ある》いている。

まるでお姫《ひめ》さまを守《まも》る騎士《ナイト》みたい。

「おー和央《わお》、体《からだ》だいじょうぶか？」

「和央《わお》、おはよう！」

男子《だんし》も女子《じょし》も、和央《わお》に声《こえ》をかけている。でもみんなどこか、弦《げん》に遠慮《えんりょ》している様子《ようす》だ。

「あ、あれが和央《わお》だよ、あの席《せき》の」

晴歌《はるか》が言《い》った。

「あ、うん」

実《じっ》はね、昨日《きのう》、会《あ》ったんだ……と言《い》いかけたところ、

「和央《わお》ってね、弦《げん》の初恋《はつこい》の相手《あいて》なんだって」

晴歌《はるか》が糸真《しま》の耳元《みみもと》でささやいた。

「ええ！」

糸真《しま》は思《おも》わず大《おお》きな声《こえ》をあげてしまう。

「幼稚園《ようちえん》のころ、和央《わお》のこと、女《おんな》の子《こ》だと思《おも》ってたんだって」

「あぁ」

うん、なんかわかるよ。

肌《はだ》まっ白《しろ》で、目《め》がまん丸《まる》。

高校生《こうこうせい》でこんなにかわいいんだもん、そりゃあ小《ちい》さいころは天使《てんし》みたいだっただろうな。

「それに病弱《びょうじゃく》だから、和央《わお》のこと自分《じぶん》が守《まも》らなきゃって思《おも》ってるみたいでさ」

「だから、あんななんだ」

昨日《きのう》、糸真《しま》に対《たい》してガルルルルって牙《きば》をむきだしにしていた理由《りゆう》がわかった。

今《いま》も、和央《わお》に近《ちか》づくなーっていうオーラをだしまくってるし。

まるでまわりがみんな和央《わお》に病気《びょうき》を移《うつ》すバイ菌《きん》で、弦《げん》が必死《ひっし》で守《まも》っているみたいに見《み》える。

「そ。だから二人《ふたり》の世界《せかい》にだれも入《はい》れなくて」

晴歌《はるか》は苦笑《にがわら》いを浮《う》かべている。

「ふーん、なんか、もったいないね」

正直《しょうじき》な思《おも》いが、口《くち》をついて出《で》た。

「え？」

晴歌《はるか》がおどろいたように糸真《しま》を見《み》る。

「ほら、弦《げん》って、黙《だま》ってればイケてるのにさ」

すらりと背《せ》が高《たか》くて、顔立《かおだ》ちだって整《ととの》っている。

長《なが》めの髪《かみ》も、悪《わる》くない。目《め》つきが鋭《するど》くてちょっと怖《こわ》いけど……ワイルド系《けい》ってやつ？

あの近《ちか》よりがたさをなんとかすれば、女子《じょし》にモテそうなのに。

まあ、糸真《しま》にとっては第一印象《だいいちいんしょう》のサイアクな男《おとこ》でしかないから、ありえないんだけれど。向《む》こうもなぜかこっちに敵意《てきい》むきだしだしね。

糸真《しま》がしみじみとそう思《おも》っていると、晴歌《はるか》の顔《かお》から、スーッと笑顔《えがお》が消《き》えていった。

そしてすっかり真顔《まがお》になっている。

「どうか、した？」

思《おも》わず晴歌《はるか》の顔《かお》をのぞきこんだ。

「みんな、そう思《おも》ってるよ」

晴歌《はるか》が無表情《むひょうじょう》のまま言《い》って、歩《ある》きだす。

「え？」

どういう、意味《いみ》？

あわてて晴歌《はるか》を追《お》いかけた。

糸真《しま》が追《お》いつくと、晴歌《はるか》が話《はな》しだす。

「弦《げん》だけじゃなくて、和央《わお》もファンが多《おお》くて、みんなの和央《わお》みたいな？　だから、ぬけがけ禁止《きんし》になってて」

「ぬけがけ？」

どういうこと？

「このあいだ、あの二人《ふたり》に近《ちか》づこうとした女子《じょし》が、ハブにされてさ。今《いま》、学校来《がっこうき》てないの」

「ハブ……」

その言葉《ことば》に、ぞくりと鳥肌《とりはだ》が立《た》つ。

東京《とうきょう》にいたときの糸真《しま》が、まさにハブ状態《じょうたい》だった。

一人《ひとり》ぼっちでお弁当《べんとう》を食《た》べている糸真《しま》を見《み》て、別《べつ》のグループの女子《じょし》たちが「糸真《しま》、最近《さいきん》ハブられてるみたいだよ」「まじ？　ヤバッ！」ってささやきあっていた。

その女子《じょし》たちも見て見《み》ぬふりを決《き》めこんでいて、糸真《しま》に声《こえ》をかけてきてくれることはなかった。

「まぁ、それほど二人《ふたり》は人気者《にんきもの》ってことなんだけどね」

晴歌《はるか》はそう言《い》うと、教室《きょうしつ》に入《はい》っていった。

そういえば……近《ちか》くにいる女子《じょし》たちの声《こえ》が聞《き》こえてきた。

「和央先輩《わおせんぱい》、かっこいい！」

「私《わたし》は弦先輩派《げんせんぱいは》」

先輩《せんぱい》、と言《い》っているところを見《み》ると一年生《ねんせい》みたいだ。二人《ふたり》とも目《め》をハートにして、弦《げん》たちを見《み》ている。ていうか、その子《こ》たち以外《いがい》の女子《じょし》も、弦《げん》たちを目《め》で追《お》っている。

ようするに……二人《ふたり》はアイドル、っていうことか。

「おはよー」

和央《わお》が後輩《こうはい》たちに笑顔《えがお》で手《て》をふった。

「きゃあっ！」

女子《じょし》たちから黄色《きいろ》い声《こえ》があがる。でも弦《げん》は機嫌《きげん》の悪《わる》そうな顔《かお》で、女子《じょし》たちには反応《はんのう》しないでずんずん歩《ある》いていく。

それでも、和央《わお》のことはしっかりと守《まも》っている。

昨日《きのう》の夕飯《ゆうはん》のとき、糸真《しま》は泰弘《やすひろ》に和央《わお》のことを聞《き》いてみた。

泰弘《やすひろ》によると、住友家《すみともけ》と和央《わお》の家《いえ》はすぐ近《ちか》く。

道《みち》をまっすぐ歩《ある》いて角《かど》を一《ひと》つ曲《ま》がったところだそうだ。

そして弦《げん》の家《いえ》も近所《きんじょ》で、糸真《しま》の家《いえ》は二人《ふたり》の家《いえ》の間《あいだ》に位置《いち》している。

スミレは和央《わお》の家《いえ》の飼《か》い犬《いぬ》で、ときおり「首輪抜《くびわぬ》け」をして、住友家《すみともけ》に一人《ひとり》（一匹《ぴき》？）で遊《あそ》びにくることもあるらしい。

アイドル二人《ふたり》の家《いえ》にはさまれた場所《ばしょ》に位置《いち》する糸真《しま》の家《いえ》……普通《ふつう》だったら女子《じょし》みんながうらやましがるシチュエーションだ。

でも……。

うちの学校《がっこう》では二人《ふたり》に近《ちか》づくとハブられる。

ということは……。

糸真《しま》は再《ふたた》び背筋《せすじ》がぞくっとするのを感《かん》じた。

ハブられるなんてもうたくさん。

やだやだ、絶対《ぜったい》にイヤだ。

もう二度《にど》とあんな思《おも》い味《あじ》わいたくない。

そう思《おも》いながら晴歌《はるか》につづいて教室《きょうしつ》に入《はい》っていくと、

「おはよー」

梨里《りり》たちが駆《か》けよってくる。

「糸真《しま》の席《せき》、できたよー」

怜英《さとえ》が一番《いちばん》うしろの席《せき》に連《つ》れていってくれる。

「あ、ありがとう」

糸真《しま》はぐるぐる巻《ま》きにしたマフラーをはずしながら、席《せき》に向《む》かった。

机《つくえ》にカバンを置《お》いて、ダウンジャケットを脱《ぬ》ごうとしたところに、弦《げん》と和央《わお》が入《はい》ってくる。

「あ、おはよう!」

糸真《しま》に気《き》づいた和央《わお》が、顔《かお》いっぱいに笑《え》みを浮《う》かべて近《ちか》づいてきた。

まずい、どうしよう……。

晴歌《はるか》たちの視線《しせん》が、いっせいに糸真《しま》に集《あつ》まっているのを感《かん》じる。

「昨日《きのう》、あれからスミレがね」

和央《わお》が糸真《しま》に話《はな》しかけてきた。

「はじめまして！　て、転校《てんこう》してきた住友糸真《すみともしま》です！」

糸真《しま》は大声《おおごえ》で和央《わお》の言葉《ことば》をさえぎった。

「はじめ……まして？」

和央《わお》が不思議《ふしぎ》そうに首《くび》をかしげる。

「まして！」

糸真《しま》は〝和央《わお》とははじめまして〟だということを強調《きょうちょう》した。

和央《わお》と糸真《しま》の間《あいだ》に、沈黙《ちんもく》が流《なが》れるのを、弦《げん》がすこし離《はな》れた場所《ばしょ》で冷《つめ》たい目《め》で見《み》ている。

お願《ねが》い、どうか、よけいなこと言《い》わないで。

糸真《しま》は祈《いの》るような気持《きも》ちでいた。

「ちょっと、糸真《しま》、なにテンパってんの？　あせりすぎだよ～」

怜英《さとえ》が声《こえ》をあげ、梨里《りり》と笑《わら》いあっている。

糸真《しま》はホッと息《いき》をついた。でもそんな糸真《しま》を、晴歌《はるか》がじっと見《み》つめている。

糸真《しま》は晴歌《はるか》の方《ほう》を見《み》ることができなかった。

「はじめまして住友《すみとも》さん、よろしくね」

和央《わお》が真顔《まがお》で言《い》いながら、自分《じぶん》の席《せき》に着《つ》いた。

ああよかった。そう思《おも》っていた糸真《しま》に、

「ちなみに今日《きょう》の僕《ぼく》はあったかソックスをはいています」

和央《わお》はズボンをちょっとあげて、意味深《いみしん》な口《くち》ぶりで言《い》いながら、糸真《しま》に靴下《くつした》を見《み》せた。

「…………」

糸真《しま》はなんと言《い》ったらいいのかわからなくて、ただ和央《わお》の足元《あしもと》を見《み》つめていた。


四時間目《じかんめ》は音楽《おんがく》の授業《じゅぎょう》だった。

教室移動《きょうしついどう》も、晴歌《はるか》たちがいっしょ。

なにかと世話《せわ》をやいてくれるけど、これってつまりグループにいれてくれたってことなのかな。

でも、もう失敗《しっぱい》は許《ゆる》されない。

ここで気《き》を抜《ぬ》いたらいけない。


音楽《おんがく》の先生《せんせい》は、みんなに弓先生《ゆみせんせい》と名前《なまえ》で呼《よ》ばれている、若《わか》くて柔《やわ》らかい雰囲気《ふんいき》の先生《せんせい》だ。弓《ゆみ》がピアノを弾《ひ》くまわりに集《あつ》まって、糸真《しま》たちは合唱《がっしょう》をしていた。

おだやかな笑《え》みを浮《う》かべながら弓《ゆみ》がつむぎだすメロディと、やさしくゆれる音楽室《おんがくしつ》のカーテン。

ゆったりとした時間《じかん》が流《なが》れていく。

和央《わお》はまっすぐにピアノの方《ほう》を見《み》て、大《おお》きな口《くち》を開《あ》けて歌《うた》っている。

となりに立《た》っている弦《げん》だけはその輪《わ》に入らずに、両手《りょうて》をポケットにつっこんでふてくされたように立《た》っている。

歌《うた》はどうやら口《くち》パクみたいだ。

「舘林《たてばやし》くん、ちゃんと歌《うた》って」

弓《ゆみ》が伴奏《ばんそう》を止《と》めて注意《ちゅうい》をすると、クラスメイトたちがクスクス笑《わら》った。

「うるせぇな」

弦《げん》は態度《たいど》をあらためようとしない。

いくらなんでもあの態度《たいど》はないのでは、と思《おも》っていると、

「弓先生《ゆみせんせい》って、弦《げん》のお姉《ねえ》さんなんだよ」

となりで歌《うた》っていた晴歌《はるか》が、糸真《しま》に耳打《みみう》ちをした。

「へえ、そうなんだ」

糸真《しま》はあらためて弓《ゆみ》を見《み》た。

ほんわかとあたたかい雰囲気《ふんいき》の弓《ゆみ》は、弦《げん》とは似《に》ている要素《ようそ》がまったくない。

「じゃあ、つづきから」

弓《ゆみ》が笑《え》みを浮《う》かべて、またピアノを弾《ひ》きはじめ、みんなも歌《うた》いだす。

糸真《しま》はちらりと、弦《げん》と和央《わお》を見《み》た。

弦《げん》は大《おお》あくびをしながら、てきとうに口《くち》だけを動《うご》かしている。

和央《わお》は相変《あいか》わらず一生懸命《いっしょうけんめい》、歌《うた》っている。

そのきれいな横顔《よこがお》から、糸真《しま》は目《め》を離《はな》せなくなった。

そんな糸真《しま》を晴歌《はるか》が無表情《むひょうじょう》で見《み》ていることには、糸真《しま》は気《き》づいていなかった。


「いってきまーす」

玄関《げんかん》を出《で》ると、青空《あおぞら》が広《ひろ》がっていた。

雪景色《ゆきげしき》と青空《あおぞら》のコントラストに、だんだんと糸真《しま》もなれてきた。

でもまだ雪道《ゆきみち》を歩《ある》くのはなれない。

不器用《ぶきよう》によたよたと歩《ある》いていくと、目《め》の前《まえ》に和央《わお》が歩《ある》いているのが見《み》えた。

その先《さき》の曲《ま》がり角《かど》で、弦《げん》が待《ま》っている。

「おう、和央《わお》」

「おはよ〜」

「おまえ歩《ある》くの遅《おせ》ぇよ。遅刻《ちこく》すっぞ」

弦《げん》が声《こえ》をかけても、和央《わお》はのんびりとした歩調《ほちょう》のままだ。

「お待《ま》たせ〜」

和央《わお》が合流《ごうりゅう》するのを待《ま》って、二人《ふたり》は並《なら》んで歩《ある》きだした。

「おまえ傘《かさ》は？」

「え？　弦《げん》もさしてないじゃん」

そんなやりとりをしている二人《ふたり》に追《お》いついていき、

「お、おはよう！」

糸真《しま》は思《おも》いきって声《こえ》をかけた。

「おはよう」

和央《わお》が振《ふ》りかえって、にっこりと笑《わら》ってくれる。

その甘《あま》い笑顔《えがお》にとろけそうになりながら、

「昨日《きのう》は、ごめんね」

糸真《しま》は、和央《わお》に伝《つた》えたかったことを口《くち》にした。

「ん？」

和央《わお》は大《おお》きな瞳《ひとみ》をさらに開《ひら》いて、糸真《しま》を見《み》る。

「ほら、しらんぷりして」

糸真《しま》が言《い》うと、和央《わお》は一瞬《いっしゅん》、黙《だま》った。そしてふっと笑顔《えがお》を浮《う》かべて、

「今日《きょう》もはいてるよ」

昨日《きのう》と同《おな》じように制服《せいふく》のズボンをあげて、靴下《くつした》を見《み》せる。

糸真《しま》はホッと胸《むね》をなでおろす。

「あったかいでしょ？」

「うん」

和央《わお》と笑《わら》いあってしあわせな気持《きも》ちでいると、

「おい、俺《おれ》を無視《むし》すんな」

弦《げん》がムスッとしながら声《こえ》をかけてくる。

「あ、ごめん」

和央《わお》は笑顔《えがお》のまま弦《げん》の方《ほう》を向《む》いた。

「……おまえさ、さっさと東京帰《とうきょうかえ》れ」

弦《げん》が糸真《しま》に言《い》う。

「うるさい、弦《げん》」

糸真《しま》は低《ひく》い声《こえ》でつぶやいた。

和央《わお》とのしあわせな時間《じかん》を邪魔《じゃま》するんじゃない。

「はぁ？　てか、呼《よ》びすてにすんなよ、なれなれしい。それにおまえ、俺《おれ》と和央《わお》と話《はな》すときの声《こえ》が全然《ぜんぜん》ちがうべや」

弦《げん》が怒《いか》りをむきだしにして不満《ふまん》をぶつけてくる。

「気《き》のせいじゃない。それに私《わたし》、おまえじゃないし」

あんたこそ、和央《わお》に対《たい》する態度《たいど》と私《わたし》に対《たい》する態度《たいど》が、天《てん》と地《ち》ほどにちがう。

そう言《い》いたいのをこらえて、糸真《しま》は弦《げん》をにらみつけた。

「あぁ？」

弦《げん》がにらみかえしてくるけれど、糸真《しま》はフン、と横《よこ》を向《む》いた。

「住友《すみとも》さん、行《い》こう」

声《こえ》をかけてくれる和央《わお》に、照《て》れてしまう。

「し、ま……糸真《しま》で、いいよ」

糸真《しま》は和央《わお》を追《お》いかけていき、さっきまでより何倍《なんばい》もかわいい声《こえ》で言《い》った。

「うん。糸真《しま》、行《い》こっか」

和央《わお》が糸真《しま》を見《み》て言《い》う。

「うん！」

糸真《しま》はとろけるような笑顔《えがお》でうなずいた。顔《かお》がゆるんでいるのが、自分《じぶん》でもわかる。

「くそ、平和《へいわ》な朝《あさ》が」

うしろで弦《げん》が舌打《したう》ちをしているのが聞《き》こえたけれど、糸真《しま》は和央《わお》だけを見《み》て、歩《ある》きつづけた。

三人《にん》でわいわい言《い》いながら、学校《がっこう》の近《ちか》くまで歩《ある》いてきた。

「ねえ、なんでこの歩《ある》き方《かた》なの？」

和央《わお》が、ひょこひょこ歩《ある》く糸真《しま》の真似《まね》をする。

「え、すべるから」

「えぇ！」

和央《わお》がおどろきの声《こえ》をあげる。

「え？　ちがう？」

「いや……」

和央《わお》はそう言《い》いながら、自分《じぶん》も糸真《しま》と同《おな》じように歩《ある》きつづけている。

「すべんねぇよ。ばーか」

弦《げん》がバカにしたように言《い》う。

「はぁ？」

「ほら、弦《げん》もやってみなよ」

和央《わお》が笑《わら》いかけたけれど、

「やらねぇよ」

弦《げん》はつれない態度《たいど》だ。

「なんでぇ？　いち、に、いち、に……ほら」

和央《わお》がひよこみたいに歩《ある》いていると、

「え？　和央先輩《わおせんぱい》と弦先輩《げんせんぱい》じゃない？」

「え、めっちゃかっこい〜」

遠《とお》くから声《こえ》があがった。

「朝《あさ》からしあわせすぎる〜」

女子生徒《じょしせいと》たちが和央《わお》たちに気《き》づいて、近《ちか》づいてきた。

「ねぇ、まじかっこいい！」

「弦先輩《げんせんぱい》かっこい〜」

手《て》を取《と》りながらきゃあきゃあと喜《よろこ》んでいたけれど……。

「え、ねぇ、あれだれ〜？」

女子生徒《じょしせいと》たちが、糸真《しま》の存在《そんざい》に気《き》づいた。

「なにあの子《こ》」

「なんでいっしょにいるの〜？」

「ずる〜い！」

女子生徒《じょしせいと》たちの嫉妬《しっと》の声《こえ》が、糸真《しま》には聞《き》こえていなかった。


その日《ひ》の休《やす》み時間《じかん》、トイレから出《で》てきて手《て》を洗《あら》っていると、女子生徒《じょしせいと》が三人《にん》、近《ちか》づいてきた。

見覚《みおぼ》えがないから、たぶん二年生《にねんせい》のほかのクラスの子《こ》たちだ。

「仲《なか》いいんだね」

一人《ひとり》が口《くち》を開《ひら》いた。

「え？」

ハンカチで手《て》をふきながら、問《と》いかえす。

「和央《わお》と弦《げん》と」

別《べつ》の女子《じょし》に言《い》われて、糸真《しま》はハッと息《いき》をのむ。

「転校《てんこう》してきたばかりでわからないみたいだけど、和央《わお》と弦《げん》はみんなのものなんだから」

「そうそう、だからあんまり近《ちか》づかないでよね」

三人《にん》に囲《かこ》まれて、最初《さいしょ》はびびっていたけれど……だんだん、腹《はら》が立《た》ってきた。

「あんた、聞《き》いてるの？」

一人《ひとり》が糸真《しま》をつきとばす。

「ねえ。なんか言《い》えよ。おい！」

「……だれかのものっておかしいよ！　和央《わお》だって弦《げん》だって一人《ひとり》の人間《にんげん》なんだから！」

ついに我慢《がまん》ができなくなって、糸真《しま》は声《こえ》をはりあげた。

三人《にん》は目《め》をぱちくりさせている。

「なにコイツ」

一人《ひとり》がようやく我《われ》にかえったように口《くち》を開《ひら》く。

「てかさ、アイツはなんて言《い》ってんの？」

そして別《べつ》の一人《ひとり》がたずねてくる。

「アイツってだれ？」

糸真《しま》が逆《ぎゃく》にたずねると、三人《にん》は、はぁ？　という表情《ひょうじょう》で顔《かお》を見合《みあ》わせた。

「コイツ、なにも知《し》らねぇの」

「もう行《い》くべ」

「行《い》こ行《い》こ」

三人《にん》は糸真《しま》をバカにしたように見《み》ると、行《い》ってしまった。

なに、今《いま》の。

フンッ。

糸真《しま》は釈然《しゃくぜん》としないまま、去《さ》っていく三人《にん》のうしろ姿《すがた》を見送《みおく》っていた。

3. いつかきっとプリンシパルに！

家庭科《かていか》の時間《じかん》は、調理実習《ちょうりじっしゅう》だった。

女子《じょし》たちはわいわいはしゃぎながら一生懸命《いっしょうけんめい》クッキーを作《つく》っている。糸真《しま》はボウルの中《なか》のアイシングシュガーに食紅《しょくべに》を混《ま》ぜていたけれど、頭《あたま》の中《なか》にはさっきのあの三人《にん》の言葉《ことば》がずっと引《ひ》っかかっていた。

「行《い》きたいしみんなも行《い》くっしょ」

「うん、行《い》く行《い》く！」

怜英《さとえ》と梨里《りり》がうなずきあっている。

「ねえ！　行《い》こ！　……できた！」

晴歌《はるか》が声《こえ》をあげた。

「え！　すごい」

「すごい！　めっちゃ上手《じょうず》！」

怜英《さとえ》と梨里《りり》は、晴歌《はるか》が作《つく》ったクッキーを見《み》て褒《ほ》めまくっている。

「ねえ、糸真《しま》聞《き》いてる？」

晴歌《はるか》が声《こえ》をかけてきた。

「え？」

「どうかしたの？」

ニコニコと顔《かお》をのぞきこんでくる晴歌《はるか》を見《み》て、糸真《しま》はハッと我《われ》にかえった。

晴歌《はるか》の手元《てもと》をのぞくと、クリスマスツリーをかたどったクッキーを、かわいくデコっている。

糸真《しま》は首《くび》をふりながら、

「あ、ごめん。なんの話《はなし》だっけ？」

と、たずねた。

「クリスマス、みんなでカラオケ行《い》こうかって。来《く》るっしょ？」

「うん、行《い》く！」

糸真《しま》ははりきって返事《へんじ》をした。

「じゃあ么とで予約《よやく》しよ！」

「うん！」

糸真《しま》はうなずいた。

「楽《たの》しみぃ〜」

「ねぇ〜」

怜英《さとえ》と梨里《りり》も笑顔《えがお》だ。

晴歌《はるか》たちは再《ふたた》びクッキー作《づく》りにもどった。

「できたっ、クリスマスツリー！」

晴歌《はるか》が色《いろ》とりどりのクッキーを作《つく》りあげるのを見《み》て、糸真《しま》は微笑《ほほえ》んだ。

転校《てんこう》してすぐにこんなにいい友《とも》だちができてよかった。

さっきの三人《にん》のことなんて気《き》にしなくていいや。

糸真《しま》は強《つよ》くそう思《おも》った。


家《いえ》に帰《かえ》ってカレンダーの二十五日《にじゅうごにち》の欄《らん》に『カラオケ♪』と、書《か》きこんだ。

そして、泰弘《やすひろ》といっしょに、近所《きんじょ》のスーパーに夕飯《ゆうはん》の買《か》い物《もの》に出《で》かけた。

「あ、イチゴだ」

糸真《しま》がイチゴのパックを手《て》に泰弘《やすひろ》を探《さが》すと、レジにいた。

「今日《きょう》はいつもとちがいますね」

と、レジの女性《じょせい》が、泰弘《やすひろ》に声《こえ》をかける。どうやら顔見知《かおみし》りみたいだ。

「あはは、そうなんです。今日《きょう》ちょっと奮発《ふんぱつ》しちゃって～。あの、ちょっと理由《りゆう》があって～」

泰弘《やすひろ》は頭《あたま》をかきながら頬《ほお》を上気《じょうき》させ、なんだかとても恥《は》ずかしそうにしている。

「お父《とう》さん、イチゴもいい？」

糸真《しま》は、泰弘《やすひろ》の前《まえ》のカゴにイチゴをいれた。

「あぁ！　いいよ、いいよ、いいよ。はいはい。じゃあこれもお願《ねが》いします。あ！　糸真《しま》ちゃん、この人《ひと》ね、和央《わお》くんのお母《かあ》さんだよ」

泰弘《やすひろ》が糸真《しま》に言《い》う。

「え？　和央《わお》の？　そうなんですね」

糸真《しま》が女性《じょせい》の名札《なふだ》を見《み》ると、桜井由香里《さくらいゆかり》とある。

「いつもお世話《せわ》になってます」

女性《じょせい》は糸真《しま》に笑《わら》いかけた。

ほっそりしていて、目《め》がぱっちりしていて、とてもきれい。

さすが和央《わお》のお母《かあ》さん、って感《かん》じ。

そう思《おも》っていると、

「糸真《しま》ちゃん、本当《ほんとう》にかわいいですね」

由香里《ゆかり》が泰弘《やすひろ》に言《い》った。

「そうでしょう、僕《ぼく》の娘《むすめ》なんですよ」

あははは、と笑《わら》いながら、やっぱり泰弘《やすひろ》はデレデレしている。

「二人《ふたり》で買《か》い物《もの》だなんていいなぁ」

由香里《ゆかり》に微笑《ほほえ》まれ、泰弘《やすひろ》はだらしなく笑《わら》っている。

でも糸真《しま》は、由香里《ゆかり》のはかなげな美《うつく》しさに見《み》とれていた。


わあ、きれい。

大通《おおどお》りに出《で》たとたん、色《いろ》とりどりのイルミネーションに、思《おも》わず声《こえ》をあげそうになった。

時間《じかん》ギリギリになっちゃった。

人《ひと》ごみを抜《ぬ》け、小走《こばし》りで到着《とうちゃく》したけれど、まだだれもいない。

札幌《さっぽろ》で迎《むか》えるはじめてのクリスマス。友《とも》だちを待《ま》っているなんて、しあわせだな。

スマホを取《と》りだしてイルミネーションの写真《しゃしん》を撮《と》ってみる。

そしてもう一度《いちど》、メール画面《がめん》を確認《かくにん》する。

「遅《おそ》いなぁ」

『三越《みつこし》のライオン前《まえ》に、5時《じ》!』

うん、まちがえていない。

今日《きょう》はライオン像《ぞう》も赤《あか》いサンタクロースの帽子《ぼうし》をかぶっている。糸真《しま》はライオン像《ぞう》の写真《しゃしん》も撮《と》った。ふと、近《ちか》くのビルの時計《とけい》を見《み》ると、もう5時《じ》35分《ふん》になっている。

「まだかな?」

雪《ゆき》が降《ふ》りはじめ、吐《は》く息《いき》はまっ白《しろ》だ。


そのころ、晴歌《はるか》たちは近《ちか》くのビルのカフェでパフェを食《た》べていた。

「ねぇ、むちゃくちゃ着信《ちゃくしん》あるんだけど」

ふとスマホを見《み》た梨里《りり》がすこし気《き》まずそうに言《い》うと、怜英《さとえ》もバッグからスマホをだした。

「ホントだぁ、私《わたし》もだよ」

「なんか、ノリでやっちゃったけど、かわいそうだったんじゃない?」

二人《ふたり》は向《む》かい側《がわ》の席《せき》の晴歌《はるか》を見《み》た。

「だって、ムカつくんだも〜ん。途中《とちゅう》から来《き》たくせに、二人《ふたり》と仲《なか》よくしちゃってさぁ」

晴歌《はるか》はスプーンでイチゴを取《と》り、口《くち》にほうりこんだ。


夜《よる》、糸真《しま》が雪《ゆき》まみれの状態《じょうたい》でうつむきながら帰《かえ》ってくると、家《いえ》の前《まえ》に和央《わお》がいた。

「ほら、帰《かえ》るよ」

と、和央《わお》はスミレに声《こえ》をかけている。

そんな和央《わお》の姿《すがた》を見《み》て、ホッとしたような、思《おも》いきり落《お》ちこんでいる暗《くら》い顔《かお》を見《み》せたくないような……。

でも、糸真《しま》の思考能力《しこうのうりょく》はゼロになっていて、そのままぼんやりと立《た》っていた。

と、和央《わお》が顔《かお》をあげて糸真《しま》に気《き》づいた。

「糸真《しま》?」

和央《わお》はスミレのリードをガレージのフックに引《ひ》っかけ、糸真《しま》に近《ちか》づいてくる。

「どうしたの?　……今日《きょう》、みんなと遊《あそ》ぶんじゃなかったの?」

和央《わお》がたずねてくる。

スミレも心配《しんぱい》してくれているのか、クゥン、と小《ちい》さく鳴《な》きながら糸真《しま》を見《み》あげている。

「うん……だれも来《こ》なかったんだ」

声《こえ》をだすのも、やっとだった。頭《あたま》や肩《かた》には雪《ゆき》がつもってるし、最高《さいこう》に、みじめだ。

「え？」

「あぁあ、私《わたし》、また一人《ひとり》ぼっちになるのかな」

はっはっはー。糸真《しま》はせいいっぱい強《つよ》がって笑《わら》ってみた。

そんな糸真《しま》を、和央《わお》がじっと見《み》ている。

和央《わお》は無言《むごん》で自分《じぶん》のマフラーをはずして、糸真《しま》の首《くび》にかけてくれた。

そして……おどろいている糸真《しま》を、和央《わお》がふわりと抱《だ》きしめてくれる。

「だいじょうぶだよ」

和央《わお》が言《い》う。

えっと……この状況《じょうきょう》は……。

ぼんやりしていた糸真《しま》の頭《あたま》がさらにまっ白《しろ》になった。

戸惑《とまど》いながらも、和央《わお》のあたたかさが伝《つた》わってきて……。

糸真《しま》は和央《わお》の腕《うで》の中《なか》で、こらえていた涙《なみだ》をぽろりと流《なが》した。

涙《なみだ》は後《あと》から、後《あと》から、とめどなくあふれてくる。

黙《だま》ったまま抱《だ》きあう二人《ふたり》の上《うえ》に、雪《ゆき》は静《しず》かに降《ふ》りつづいていた。


あれから晴歌《はるか》たちからの連絡《れんらく》はない。

あの日《ひ》、連絡《れんらく》を待《ま》っていたけれど、お母《かあ》さんからのメリークリスマスメールが一通《いっつう》届《とど》いただけ。

そして今日《きょう》は大晦日《おおみそか》。糸真《しま》はやることもなく、自分《じぶん》の部屋《へや》のベッドでごろごろしていた。

首《くび》には、あの日和央《ひわお》がかけてくれた紺《こん》のマフラーがある。

糸真《しま》はそっとマフラーに触《ふ》れてみた。

今《いま》の糸真《しま》の中《なか》では、そのぬくもりだけがたしかなものだった。

クリスマスの日《ひ》、ハブられたときのことを思《おも》うと胸《むね》が痛《いた》い。

だけど、和央《わお》が抱《だ》きしめてくれたことを思《おも》い出《だ》すと、胸《むね》の痛《いた》みがやわらぐ。

次第《しだい》に胸《むね》がドキドキと高鳴《たかな》ってくる。

——それにしても。

初《はつ》もうでに行《い》こうって自分《じぶん》から誘《さそ》ってきたくせに、お父《とう》さんったらなにしてるんだろう。

和央《わお》のマフラーをはずしながらリビングにおりてくると、泰弘《やすひろ》は本棚《ほんだな》に並《なら》ぶ本《ほん》をあれこれと見《み》ていた。本《ほん》を探《さが》しているみたいだ。

「初《はつ》もうで行《い》こうって言《い》ったじゃん」

せっかく気合《きあ》いいれて私服《しふく》に着《き》がえてきたのに。

「ごめんねぇ、急《きゅう》に仕事《しごと》が入《はい》っちゃってさぁ」

うっかりメールを開《ひら》いたら、仕事《しごと》の依頼《いらい》が入《はい》っていたという。

「……ふ〜ん、翻訳《ほんやく》の仕事《しごと》ってたいへんなんだねぇ」

糸真《しま》はため息《いき》をつきながらふと棚《たな》に目《め》をやり、そこにあった古《ふる》びた絵本《えほん》に気《き》づいた。

『サーシャのおさんぽ』。

表紙《ひょうし》のうさぎのイラストを見《み》たとたんに、糸真《しま》の胸《むね》に懐《なつ》かしさがこみあげてくる。

表紙《ひょうし》には『訳《やく》　住友泰弘《すみともやすひろ》』とある。

「あ、これ」

「ん？」

泰弘《やすひろ》は振《ふ》りかえり、糸真《しま》の手元《てもと》を見《み》た。

「あ、糸真《しま》ちゃん、小《ちい》さいころその本好《ほんす》きだったよね〜」

「うん。懐《なつ》かしいなぁ」

大好《だいす》きだった絵本《えほん》の表紙《ひょうし》を見《み》るだけで、あたたかい気持《きも》ちが胸《むね》によみがえってくる。

両親《りょうしん》が離婚《りこん》して離《はな》れて暮《く》らすようになってからも、泰弘《やすひろ》がこの絵本《えほん》を読《よ》んでくれたときの声《こえ》のトーンはずっと覚《おぼ》えていた。

泰弘《やすひろ》は、絵本《えほん》をめくる糸真《しま》を見《み》て微笑《ほほえ》んでいたけれど、急《きゅう》にハッと我《われ》にかえった。

「このうめあわせは絶対《ぜったい》するから」

そして本《ほん》が見《み》つかったのか、その本《ほん》をめくって読《よ》みはじめる。

「うん、がんばってね」

また自分《じぶん》の部屋《へや》にもどろうとした糸真《しま》は、ふと手《て》に持《も》っていたマフラーに視線《しせん》を落《お》とした。

マフラーを返《かえ》そうと和央《わお》の家《いえ》の前《まえ》にやってくると、由香里《ゆかり》が雪《ゆき》かきをしていた。

細《ほそ》い体《からだ》でスコップを手《て》に、必死《ひっし》で家《いえ》の前《まえ》の雪《ゆき》をどけている。

「こんにちは」

糸真《しま》は声《こえ》をかけた。

「あら、こんにちは。あ、和央《わお》?」と、由香里《ゆかり》がたずねてきた。

「はい」

「ごめんね、今《いま》、風邪《かぜ》で眠《ねむ》ってるの」

由香里《ゆかり》が申《もう》し訳《わけ》なさそうに言《い》う。

「え、あの、だいじょうぶですか？」

「うん。ありがとう。いつものことだからだいじょうぶよ」

和央《わお》は体《からだ》が弱《よわ》くて学校《がっこう》も休《やす》みがちだと、晴歌《はるか》たちも泰弘《やすひろ》も言《い》っていた。

「そうですか……あ、これ」

借《か》りてたんで……と、もごもご言《い》いながら、糸真《しま》はマフラーをいれた紙袋《かみぶくろ》をさしだした。

「ありがとう」

由香里《ゆかり》の笑顔《えがお》に、糸真《しま》はなんだか照《て》れくさくなってしまう。

すると、ワン！　と、スミレの声《こえ》が聞《き》こえてきた。見《み》ると、弦《げん》がスミレを連《つ》れ、ソリを引《ひ》きながら歩《ある》いてくる。ソリの上《うえ》には、大量《たいりょう》の買《か》い物袋《ものぶくろ》がのっていた。

「弦《げん》くん、いつもありがとね」

由香里《ゆかり》がスミレのリードを受《う》けとった。

「いや全然《ぜんぜん》。これスミレのごはん、あとこっちは、和央《わお》にさしいれっす」

弦《げん》はソリの上《うえ》の買《か》い物袋《ものぶくろ》を指《さ》した。ミカンやリンゴやバナナ、栄養《えいよう》ドリンクにカイロや冷却《れいきゃく》シートみたいだ。

「あら、こんなにたくさん」

由香里《ゆかり》はおどろいている。

「和央《わお》、だいじょうぶですか？」

「うん。熱《ねつ》あるけど、だいじょうぶ。おいで、はい、おかえり～」

由香里《ゆかり》がスミレを家《いえ》の方《ほう》に連《つ》れていくのにつづいて、弦《げん》も荷物《にもつ》ののったソリを運《はこ》んでいく。

「あぁ、ごめん助《たす》かる。てきとうでいいから！」

そんな二人《ふたり》のやりとりを、糸真《しま》はじっと見《み》ていた。

「弦《げん》ってスミレのめんどうまでみるんだね」

和央《わお》の家《いえ》からの帰《かえ》り、糸真《しま》は弦《げん》と並《なら》んで歩《ある》きだした。

「もともと、うちの犬《いぬ》だしな」

弦《げん》がいつものようにぶっきらぼうな口調《くちょう》で言《い》う。

「えぇ！　そうなの？」

「母《かあ》ちゃんが動物《どうぶつ》ダメなのに、姉《ねえ》ちゃんがもらってきたんだわ。で、和央《わお》にひきとってもらった」

「へぇ〜知《し》らなかった」

「おまえの知《し》らないことなんかたくさんあるんだ。俺《おれ》たちの歴史《れきし》なめんなよ」

弦《げん》がフンと鼻《はな》を鳴《な》らしてドヤ顔《がお》で言《い》う。その顔《かお》がにくたらしかったので、

「歴史《れきし》って……和央《わお》が初恋《はつこい》ってこと？」

糸真《しま》はニヤッとして弦《げん》を見《み》あげた。

「うるせぇよ！　そんなこと言《い》ってんじゃねぇよ！　俺《おれ》はな、アイツがこーんなちっちゃいときからずっといっしょなんだわ！」

弦《げん》は幼《おさな》いころの和央《わお》の身長《しんちょう》を示《しめ》すように、自分《じぶん》の手《て》を腰《こし》あたりに当《あ》てて言《い》った。

「つい最近《さいきん》あらわれたおまえなんかとちがうって言《い》ってんだよ！」

「うん……そうだね」

先月引《せんげつひ》っ越《こ》してきたばかりの糸真《しま》が、十年以上《ねんいじょう》のつきあいの弦《げん》と和央《わお》に、かなうわけはない。

そんなこと糸真《しま》だってわかっている。

「おまえ、もしかして、和央《わお》が好《す》きなのか？」

弦《げん》は、急《きゅう》にトーンダウンした糸真《しま》の顔《かお》をのぞきこんだ。

「好《す》きっていうか……気《き》になるっていうか」

糸真《しま》は正直《しょうじき》に言《い》った。

「言《い》っておくが、和央《わお》はだれのことも好《す》きになんねぇぞ」

弦《げん》の言葉《ことば》に、糸真《しま》はぴたりと足《あし》を止《と》めた。

「なにそれ、なんでよ！」

いくら和央《わお》と幼《おさな》なじみだからってそんなことまで弦《げん》に言《い》われたくない。

「うるせぇな」

弦《げん》は一人《ひとり》で歩《ある》いていったかと思《おも》うと、途中《とちゅう》で立《た》ちどまって振《ふ》りかえった。

「おまえ、ヒマなんだべ」

「え？」

「いつもは和央《わお》と行《い》くんだけどさ、今年《ことし》はおまえでがまんしてやる」

弦《げん》はそう言《い》ってまた歩《ある》きだした、糸真《しま》は状況《じょうきょう》がよくのみこめないまま、その背中《せなか》を追《お》いかけた。

あっという間《ま》に日《ひ》が暮《く》れて、空《そら》はオレンジ色《いろ》から、だんだんと紺色《こんいろ》に変《か》わってきた。

弦《げん》の後《あと》を歩《ある》いていくと、坂道《さかみち》の先《さき》に鳥居《とりい》があらわれた。

初《はつ》もうでの列《れつ》ができている。

糸真《しま》と弦《げん》も並《なら》んで順番《じゅんばん》を待《ま》った。

新学期《しんがっき》になったら晴歌《はるか》たちと仲《なか》よくできますように。

今年《ことし》はいいことがたくさんありますように。

願《ねが》いごとを心《こころ》の中《なか》で唱《とな》えてパンパン、と、手《て》を合《あ》わせる。

お参《まい》りを終《お》えて顔《かお》をあげると、境内《けいだい》の横《よこ》で、参拝客《さんぱいきゃく》たちがおみくじを引《ひ》いている姿《すがた》が目《め》に入《はい》った。

そんなのやっても意味《いみ》ねぇよ、と、弦《げん》にめんどうくさそうな顔《かお》をされながら、糸真《しま》はおみくじを引《ひ》いてみる。

「うわっ！　大吉《だいきち》だぁ〜！　やった〜大吉大吉大吉《だいきちだいきちだいきち》」

糸真《しま》はガッツポーズをした。

「末吉《すえきち》だったわ……」

弦《げん》はがっくりうなだれている。

「え？　末吉《すえきち》？」

「ちょっと結《むす》んでくわ」

落《お》ちこみながらおみくじを結《むす》びに行《い》く弦《げん》を見《み》て、糸真《しま》は、ははは と声《こえ》をあげて笑《わら》った。

神社《じんじゃ》を出《で》て、すぐ近《ちか》くの駅《えき》から市電《しでん》に乗《の》った。

途中《とちゅう》で一《ひと》つ席《せき》が空《あ》くと、弦《げん》が顎《あご》を突《つ》きだし、無言《むごん》で座《すわ》れ、と合図《あいず》を送《おく》ってくる。

糸真《しま》は素直《すなお》に座席《ざせき》に腰《こし》をおろした。

どこに行《い》くのか聞《き》いても、弦《げん》はなにも言《い》わない。

糸真《しま》は黙《だま》って、電車《でんしゃ》の窓《まど》から流《なが》れていく街並《まちな》みを見《み》ていた。

三越《みつこし》の近《ちか》くを通《とお》ったときは、晴歌《はるか》たちと待《ま》ちあわせたクリスマスの日《ひ》を思《おも》い出《だ》して胸《むね》の痛《いた》みがよみがえってきた。

クリスマスの夜《よる》のにぎやかさとはちがって、あたりはお正月休《しょうがつやす》みの店《みせ》ばかり。

街《まち》はしんと静《しず》まりかえっている。

それからしばらくして、電車《でんしゃ》をおりた。

ダウンジャケットのポケットに手《て》をいれて歩《ある》いていく弦《げん》の背中《せなか》を、また追《お》いかけていく。

「ねえ、どこ行《い》くの？」

「あ？　山《やま》」

「山《やま》!?」

「あぁ」

住宅地《じゅうたくち》が途切《とぎ》れて、坂道《さかみち》にさしかかった。

外灯《がいとう》のある坂道《さかみち》をのぼっていくと、だんだんと息《いき》が切《き》れてくる。

いったいどこまで歩《ある》くの……と、糸真《しま》が文句《もんく》を言《い》いかけたとき、視界《しかい》が開《ひら》けた。

美《うつく》しい札幌《さっぽろ》の夜景《やけい》に、一気《いっき》に気持《きも》ちが高《たか》まった。

「うわぁー！　きれーい」

「どうだ、いいだろ？」

ここは旭山《あさひやま》の丘《おか》で、昔《むかし》から和央《わお》とよく来《き》てたんだ、と、弦《げん》は両手《りょうて》を腰《こし》に当《あ》てて、ドヤ顔《がお》をしている。

なにか言《い》いかえしてやりたくなったけれど、たしかに夜景《やけい》はきれいで文句《もんく》の言《い》いようがない。

「うん……」

糸真《しま》も素直《すなお》にうなずいた。

雪景色《ゆきげしき》の中《なか》に、ほのかな灯《あか》りとともに札幌《さっぽろ》の街《まち》が浮《う》かびあがっている。

糸真《しま》はスマホを取《と》りだして写真《しゃしん》を撮《と》った。

「和央《わお》いないとつまらん！」

と、急《きゅう》に弦《げん》が大声《おおごえ》で叫《さけ》んだ。まっくらな夜《よる》の丘《おか》に、弦《げん》の声《こえ》がひびきわたる。

「おまえもなんか言《い》えよ」

弦《げん》が糸真《しま》に言《い》うので、

「……もしかして弦《げん》さ、晴歌《はるか》たちのこと、聞《き》いた？」

糸真《しま》は、今《いま》、思《おも》いうかんだことをたずねてみた。弦《げん》はなにも言《い》わずに、前《まえ》を向《む》いたままだ。

「なんとなく、なぐさめてくれてるのかなって？」

「うっせーな。やっぱ連《つ》れてこなきゃよかった」

すねたように口《くち》をとがらせる弦《げん》を見《み》て、糸真《しま》はなんだかおかしくなってしまった。

クスクスと笑《わら》いながら、また夜景《やけい》をながめる。

へえ、丘《おか》の下《した》には広場《ひろば》があるんだ。

あ、そうだ。

糸真《しま》は広場《ひろば》に通《つう》じる階段《かいだん》をおりていった。

「おい！　なにしてんだよ！」

弦《げん》の声《こえ》が背中《せなか》で聞《き》こえたけれど、かまわない。

糸真《しま》はまだだれも踏《ふ》んでいない雪《ゆき》の上《うえ》を、ざくざくと歩《ある》いていく。

「つたく」

弦《げん》は文句《もんく》を言《い》いながらも、ついてくる。

広場《ひろば》に着《つ》くと、そこはまるでステージのようだった。

糸真《しま》はブーツについた雪《ゆき》をはらって、ぎこちなく片方《かたほう》の足《あし》のつまさきを、もう片方《かたほう》の膝《ひざ》の部分《ぶぶん》に持《も》ってくる。

「なにしてんだ？」

雪《ゆき》の上《うえ》でふらふらしている糸真《しま》に、弦《げん》が声《こえ》をかけてくる。

「バレエ。小《ちい》さいころやってたの。……挫折《ざせつ》したけど」

糸真《しま》がやっているのはバレエのパッセのポーズだ。

レッスンに通《かよ》うのをやめてからも、部屋《へや》の中《なか》でときどきやっていた。

次《つぎ》は片方《かたほう》の足《あし》をうしろにあげるアラベスク。

そこから上体《じょうたい》を前《まえ》に倒《たお》すパンシエ。

まっ白《しろ》い雪《ゆき》のステージの上《うえ》で、糸真《しま》は次々《つぎつぎ》にバレエのポーズを繰《く》りだした。

弦《げん》がいることも忘《わす》れて踊《おど》っていると、カシャッと、シャッター音《おん》がする。

え、なに？

振《ふ》りかえったとたんに、足《あし》をすべらせてバランスを崩《くず》した。

「わっ」

糸真《しま》は雪《ゆき》の上《うえ》にひっくりかえった。

「どんくせぇ！」

弦《げん》がひゃっひゃっと笑《わら》いながら糸真《しま》に近《ちか》づいてくる。

でも、糸真《しま》はそのまま雪《ゆき》の上《うえ》にあおむけに倒《たお》れていた。

だって……あまりにも空《そら》が広《ひろ》くて、星《ほし》がいっぱいまたたいていて……。

こんな空《そら》、見《み》たことがない。


「おい、どうした？」

弦《げん》が不思議《ふしぎ》そうに顔《かお》をのぞきこんでくる。

「私《わたし》さ、東京《とうきょう》でハブられてこっち来《き》たんだよね」

今《いま》まで胸《むね》の奥《おく》にしまっていた思《おも》いが、自然《しぜん》と口《くち》をついて出《で》た。

弦《げん》はじっと黙《だま》っている。

「なんで黙《だま》るの？　ダッセェって言《い》ってよ」

「……ダッセェ」

ふふふ。

弦《げん》は、そうじゃなくちゃね。

「ねぇ、プリンシパルって知《し》ってる？」

「なんだそれ、知《し》らねぇ」

「バレエの階級《かいきゅう》のことなんだけどさ、一番《いちばん》トップの主役《しゅやく》のことを言《い》うの」

「主役《しゅやく》？」

「そう」

糸真《しま》は立《た》ちあがって、コートについた雪《ゆき》をはらった。

そしてまた、札幌《さっぽろ》の街並《まちな》みに目《め》をこらす。

「私《わたし》ね、自分《じぶん》が主役《しゅやく》になれる場所《ばしょ》、ずっと探《さが》してるんだ」

弦《げん》がなにも言《い》わないから、糸真《しま》の言葉《ことば》が、夜空《よぞら》に吸《す》いこまれていく。

その空《そら》が、東《ひがし》の方向《ほうこう》からだんだん明《あか》るくなってきて……。

二人《ふたり》は今年初《ことしはじ》めてのぼる朝日《あさひ》に照《て》らされながら、丘《おか》の上《うえ》に並《なら》んで立《た》っていた。

4．ハブのピンチ、どうにか脱出《だっしゅつ》

新学期《しんがっき》の朝《あさ》がやってきた。

泰弘《やすひろ》が作《つく》ってくれたサンドイッチと目玉焼《めだまや》きを食《た》べて、牛乳《ぎゅうにゅう》を一気《いっき》飲《の》みする。

「よし！」

糸真《しま》は気合《きあ》いをいれ、立《た》ちあがり、コートを羽織《はお》った。

「いってきます！」

「いってらっしゃ〜い！」

いっしょにごはんを食《た》べていた泰弘《やすひろ》が声《こえ》をかけてくる。

うん、だいじょうぶ。

糸真《しま》は勢《いきお》いよく玄関《げんかん》を開《あ》けて、最初《さいしょ》の一歩《いっぽ》をふみだした。


ホームルーム前《まえ》、どこの教室《きょうしつ》の生徒《せいと》たちもざわついている。

だいじょうぶ、だいじょうぶ。もう、逃《に》げない。

糸真《しま》は自分《じぶん》に言《い》い聞《き》かせながら、二年《ねん》四組《くみ》の教室《きょうしつ》に近《ちか》づいていく。

教室《きょうしつ》の前《まえ》で深呼吸《しんこきゅう》をして入《はい》っていき、一番《いちばん》うしろの席《せき》に腰《こし》をおろした。

ホームルーム前《まえ》の教室《きょうしつ》で、糸真《しま》は緊張《きんちょう》して待《ま》っていた。

と、梨里《りり》と怜英《さとえ》が教室《きょうしつ》に入《はい》ってくる。

糸真《しま》は思《おも》いきって立《た》ちあがった。

「おはよう！」

糸真《しま》を見《み》て、梨里《りり》と怜英《さとえ》がハッとする。でもすぐに、

「……クリスマスはごめんね」

怜英《さとえ》が口《くち》を開《ひら》いた。

「ごめん」

梨里《りり》が糸真《しま》に向《む》かって頭《あたま》をさげると、怜英《さとえ》もそうする。

「いや、そんな。頭《あたま》あげてよ」

思《おも》ってもいなかった展開《てんかい》にびっくりした糸真《しま》は、あわてて首《くび》をふった。

「でも……」

怜英《さとえ》と梨里《りり》は頭《あたま》をさげたまま、おたがいの顔《かお》を見《み》あっている。

「とにかく頭《あたま》あげて」

糸真《しま》が言《い》うと、二人《ふたり》はようやく頭《あたま》をあげた。そして、三人《にん》で目《め》を合《あ》わせて思《おも》わず笑《わら》いあう。

と、そこに、晴歌《はるか》が入《はい》ってきた。

一瞬《いっしゅん》、空気《くうき》が凍《こお》りついた……ような気《き》がする。

晴歌《はるか》は糸真《しま》を見《み》てツン、と目《め》をそらして、自分《じぶん》の席《せき》に座《すわ》った。

そして、そのまま無表情《むひょうじょう》で、机《つくえ》に教科書《きょうかしょ》をいれはじめる。

「おはよう晴歌《はるか》！」

糸真《しま》は勇気《ゆうき》をふりしぼって、声《こえ》をかけた。晴歌《はるか》は立《た》ちあがって、どこかに行《い》こうとする。

「ねえ、晴歌《はるか》！」

追《お》いかけようとした糸真《しま》を、晴歌《はるか》がこれ以上近《いじょうちか》づくなとばかりににらみつけてくる。

「私《わたし》に言《い》いたいことあるんでしょ！　だったらちゃんと言《い》ってよ！　言《い》ってくれなきゃわかんないよ！」

糸真《しま》は、言葉《ことば》をぶつけるように叫《さけ》んだ。晴歌《はるか》は立《た》ちどまったけれど、背中《せなか》を向《む》けたままなにも言《い》わない。

「私《わたし》は……私《わたし》は、晴歌《はるか》と仲《なか》よくしたい！」

クリスマスが過《す》ぎて、すこし気持《きも》ちが落《お》ちついてから、大晦日《おおみそか》も、お正月《しょうがつ》も、ずっと、考《かんが》えていた。初《はつ》もうででも、祈《いの》った。その思《おも》いを、晴歌《はるか》にぶつける。

「なにが仲《なか》よくだ！　いい子《こ》ぶんな！」

晴歌《はるか》が、糸真《しま》が今《いま》まで見《み》たこともないような顔《かお》で叫《さけ》んでくる。

「ぶってない！　本気《ほんき》だもん！」

二人《ふたり》は肩《かた》でハアハアと息《いき》をしながらにらみあった。

そんな二人《ふたり》を梨里《りり》と怜英《さとえ》が心配《しんぱい》そうに見《み》ている。ほかの生徒《せいと》たちもみんな糸真《しま》たちに注目《ちゅうもく》している。

「なあ、国重《くにしげ》」

聞《き》こえてきた弦《げん》の声《こえ》に、晴歌《はるか》がハッとして振《ふ》りかえった。さっきまでいなかった弦《げん》がいつのまにか登校《とうこう》していたので、晴歌《はるか》はおどろきの表情《ひょうじょう》を浮《う》かべている。

「おまえもそんな顔《かお》すんのな。なんかおもしれぇじゃん」

弦《げん》は晴歌《はるか》の顔《かお》をのぞきこんで、しみじみ言《い》った。

最初《さいしょ》は強気《つよき》だった晴歌《はるか》の表情《ひょうじょう》が崩《くず》れていき、しまいには泣《な》きそうになる。

その顔《かお》を見《み》て、弦《げん》はぎょっとしている。

唇《くちびる》をかみしめていた晴歌《はるか》は、ダッと教室《きょうしつ》を走《はし》りでた。

「晴歌《はるか》！」

糸真《しま》はあわてて後《あと》を追《お》う。


いったいなにが起《お》きたのかわからない。弦《げん》は、助《たす》けを求《もと》めるように、いっしょに登校《とうこう》してきた和央《わお》を見《み》た。

「弦《げん》、ナイス！」

和央《わお》は微笑《ほほえ》んで、弦《げん》の肩《かた》をたたく。

「ん？」

弦《げん》はやっぱり、まったく意味《いみ》がわからなかった。


晴歌《はるか》は速足《はやあし》で、ずんずん歩《ある》いていく。

糸真《しま》は晴歌《はるか》から離《はな》れないように、すぐうしろを歩《ある》いていた。

「言《い》っとくけど、私《わたし》、すっごい性格悪《せいかくわる》いんだよね」

晴歌《はるか》はツンツンしながら言《い》う。

これまでのかわいらしい晴歌《はるか》の姿《すがた》はどこにもない。あまりの変《か》わりように最初《さいしょ》はおどろいていた糸真《しま》も、なんだかおかしくなってきて、思《おも》わずふきだしてしまった。

「ちょっと！」

なに笑《わら》ってんのよ、と、晴歌《はるか》は糸真《しま》をにらみつけた。

「あぁ、ごめんごめん、あの、私《わたし》、自分《じぶん》のこと性格悪《せいかくわる》いって言《い》う人《ひと》、本当《ほんとう》は悪《わる》くないって思《おも》うんだよね」

糸真《しま》が言《い》うと、晴歌《はるか》はさらにムッとした表情《ひょうじょう》を浮《う》かべる。

「あのさ、まちがってたらごめんね。晴歌《はるか》って、……もしかして弦《げん》のこと」

糸真《しま》は遠慮《えんりょ》がちにたずねてみる。

「あ」

晴歌《はるか》は急《きゅう》に、恥《は》ずかしそうな表情《ひょうじょう》を浮《う》かべる。

やっぱりそうか。

糸真《しま》は心《こころ》の中《なか》で確信《かくしん》した。

「あ、あんたは、和央《わお》のこと狙《ねら》ってるんでしょ？」

晴歌《はるか》がムキになって言《い》う。

「え？　いや、いやそれは……」

「じゃあ弦《げん》なわけ⁉」

晴歌《はるか》は圧《あつ》をかけながら、糸真《しま》の方《ほう》へじりじりと近《ちか》づいてくる。

「いや、ないない。絶対《ぜったい》ない」

糸真《しま》はあわてて手《て》を横《よこ》にブンブンふった。

「あんな口《くち》が悪《わる》くて人《ひと》の気持《きも》ちわかんなくて、そのわりに和央《わお》のことはわかってて、でも和央《わお》がいないと一人《ひとり》ぼっちなヤツ」

糸真《しま》は一気《いっき》にまくしたてた。

「……ねぇ、糸真《しま》は今《いま》まで男《おとこ》の子《こ》好《す》きになったことある？」

「え？　なに突然《とつぜん》」

糸真《しま》は意味《いみ》がわからずに眉《まゆ》をひそめた。

「いや、なんとなく」

「う～ん、女子高《じょしこう》だったからなぁ」

小学校《しょうがっこう》や中学校《ちゅうがっこう》時代《じだい》に、友《とも》だちと何人《なんにん》かでバレンタインのチョコレートをあげたりはしていたけれど、ちゃんと恋《こい》をしたことは、たぶんない。

「そう……まあ、私《わたし》の一番《いちばん》の敵《てき》は和央《わお》かな」

晴歌《はるか》は言《い》った。

「和央《わお》？」

「弦《げん》は和央《わお》から自立《じりつ》しないとダメなんだから！　私《わたし》は、和央《わお》がいっちばん邪魔《じゃま》！」

晴歌《はるか》の言葉《ことば》に、二人《ふたり》は顔《かお》を見《み》あわせて微笑《ほほえ》みあった。

だよねえ、うん、わかるわかる。

あいつホントにねえ……。

そんなことを言《い》いあってクスクス笑《わら》いながら、糸真《しま》と晴歌《はるか》はよりそうようにして教室《きょうしつ》にもどった。


放課後《ほうかご》、弓《ゆみ》は毎日《まいにち》、音楽室《おんがくしつ》でピアノを弾《ひ》いている。

二年《ねん》四組《くみ》から昇降口《しょうこうぐち》に向《む》かう途中《とちゅう》、廊下《ろうか》の窓《まど》を開《あ》けると、そのメロディがよく聴《き》こえてくる。

和央《わお》はそのメロディに包《つつ》まれ、おだやかな笑《え》みを浮《う》かべていた。そこに、無表情《むひょうじょう》の弦《げん》がドスドスと歩《ある》いてくる。

「和央《わお》、帰《かえ》るべ」

弦《げん》は和央《わお》に声《こえ》をかけると、くるりとうしろを向《む》いて歩《ある》いていく。

「うん」

壁《かべ》によりかかっていた和央《わお》は窓《まど》を閉《し》め、カバンを手《て》に、弦《げん》を追《お》いかけた。


糸真《しま》は、赤《あか》レンガの建物《たてもの》を目指《めざ》して歩《ある》いていた。

『サッポロビール園《えん》で飲《の》んでるから来《き》てね』と、真智《まち》からメールをもらったのだけど……。

「あぁ、糸真《しま》ちゃ〜ん！」

真智《まち》の声《こえ》にスマホから顔《かお》をあげると、こっちにブンブンと手《て》をふっていた。声《こえ》とリアクションが大《おお》きいところは、いつもどおりだ。

「お母《かあ》さん！　久《ひさ》しぶり！」

糸真《しま》は抱《だ》きついてきた真智《まち》を受《う》けとめた。

「あっれぇ、糸真《しま》ちゃん、なんかかわいくなった？」

真智《まち》が糸真《しま》のほっぺたを両手《りょうて》ではさむ。

「ええ、そうかなぁ？」

「もしかしてもしかすると、恋《こい》なんかしちゃったりしてる？」

「ええ～。ちょっと、会《あ》って早々《そうそう》そんなこと聞《き》くかなあ」

「ええ～。いいじゃんいいじゃん、聞《き》かせてよ～」

真智《まち》は糸真《しま》の腕《うで》を取《と》り、ビール園《えん》の中《なか》に入《はい》っていく。


「こっちこっちこっち」

真智《まち》に連《つ》れられて席《せき》にやってくると、なんとそこには泰弘《やすひろ》と由香里《ゆかり》がいた。

四人《にん》がけのテーブルに、居心地悪《いごこちわる》そうに座《すわ》っている。

「え？　な、なんで二人《ふたり》いるの」

糸真《しま》はわけがわからない。

「さっき偶然会《ぐうぜんあ》っちゃったの」

真智《まち》は楽《たの》しそうに笑《わら》う。

「あれなに～、まだお肉焼《にくや》いてなかったの～？」

真智《まち》は席《せき》に座《すわ》り、肉《にく》を焼《や》きはじめる。

「あ、あの、糸真《しま》ちゃん」

泰弘《やすひろ》が口《くち》を開《ひら》くと、それをさえぎるように由香里《ゆかり》が立《た》ちあがった。

「あ、あの、私《わたし》はこれで……」

「え！　ちょっと待《ま》ってください！」

泰弘《やすひろ》もあわてて立《た》ちあがる。

「でも、親子水入《おやこみずい》らずでいた方《ほう》が……」

由香里《ゆかり》と泰弘《やすひろ》のやりとりを聞《き》きながら、真智《まち》はビールを飲《の》み、肉《にく》をひっくりかえして焼《や》け具合《ぐあい》をたしかめている。

「まぁ、そうねぇ。今日《きょう》ぐらい私《わたし》に譲《ゆず》ってくれてもいいんじゃないかしら。あなたはいつでも会《あ》えるんでしょうし」

「あなたが無理《むり》やり連《つ》れてきたんでしょうが！　相変《あいか》わらず強引《ごういん》だなぁ」

泰弘《やすひろ》は真智《まち》に抗議《こうぎ》した。

どうやら、真智《まち》が一人《ひとり》でいるところ、泰弘《やすひろ》と由香里《ゆかり》に出《で》くわしたらしい。そして真智《まち》がいっしょに飲《の》もうと二人《ふたり》を同《おな》じテーブルに呼《よ》んだのだという。

「失礼《しつれい》します」

由香里《ゆかり》はバッグを手《て》に一礼《いちれい》し、去《さ》っていく。泰弘《やすひろ》はむなしくその背中《せなか》を見送《みおく》っていた。

真智《まち》は我関《われかん》せずという態度《たいど》でジョッキをあおりながらメニューを見《み》ている。

「ねぇ、カニも食《た》べたくない？　すいませ――ん！」

手《て》をあげて大声《おおごえ》で店員《てんいん》を呼《よ》んでいるが、にぎやかな店内《てんない》で、店員《てんいん》は忙《いそが》しそうだ。

「すいませ――ん！　もう全然気《ぜんぜんき》づいてない。行《い》ってくる」

真智《まち》が立《た》ちあがって店員《てんいん》を追《お》いかけていき、糸真《しま》と泰弘《やすひろ》はテーブルに取《と》りのこされた。

「……知《し》らなかった」

糸真《しま》はつぶやいた。

「あの、糸真《しま》ちゃんがイヤだったら……」

泰弘《やすひろ》が糸真《しま》の表情《ひょうじょう》をうかがうように言《い》う。

「イヤっていうか、ねぇ、まぁ、恋愛《れんあい》は自由《じゆう》だと思《おも》うけど……なんでまた和央《わお》のお母《かあ》さん……」

糸真《しま》にとってはそこがちょっと引《ひ》っかかる……いや、大《おお》きな問題《もんだい》なのだった。

食事《しょくじ》を終《お》えて、糸真《しま》は泰弘《やすひろ》とビール園《えん》の外《そと》に出《で》てきて真智《まち》を待《ま》っていた。

「ンフフフ……これ！」

と、最後《さいご》に出《で》てきた真智《まち》が糸真《しま》にビニール袋《ぶくろ》をわたす。

「え？　なに？　ちょ、重《おも》っ」

中《なか》を見《み》ると、ビニール袋《ぶくろ》の中《なか》には、大量《たいりょう》の羊肉《ひつじにく》が入《はい》っていた。

「だって、糸真《しま》ちゃん食《た》べないんだもん。さっきのあの人呼《ひとよ》んで食《た》べなよ」

「はぁ？」

首《くび》をかしげている糸真《しま》に向《む》かって、

「いい恋《こい》しなね！　恋《こい》すると新《あたら》しい自分《じぶん》になれるんだよ！　ボーイズビーアンビシャス！」

真智《まち》はクラーク博士《はかせ》の像《ぞう》と同《おな》じポーズをして、フフフ、と笑《わら》う。

「じゃあね」

真智《まち》は来《き》たときと同《おな》じように、いつまでも手《て》をブンブンふりながら帰《かえ》っていった。

嵐《あらし》の去《さ》った静《しず》けさに包《つつ》まれながら、糸真《しま》と泰弘《やすひろ》はぼんやりと立《た》ちつくしていた。

「それ言《い》うならガールズビーアンビシャスじゃない？」

泰弘《やすひろ》がぽつりとつぶやいた。


ジュージューと肉《にく》が焼《や》ける音《おと》が、リビングにひびいている。

「はいどうぞ～」

ジンギスカンをしきっている泰弘《やすひろ》は、まず由香里《ゆかり》の皿《さら》に肉《にく》を取《と》りわけた。

真智《まち》に言《い》われたとおり由香里《ゆかり》を呼《よ》んだら、和央《わお》もやってきて、四人《にん》で丸《まる》テーブルを囲《かこ》んでいた。

いつもは泰弘《やすひろ》と糸真《しま》が二人《ふたり》で使《つか》っている丸《まる》テーブルは、四人《にん》で座《すわ》るといっぱいだった。それに
……和央《わお》がとなりに座《すわ》っているなんて、思《おも》わず顔《かお》がゆるんでしまう。糸真《しま》は笑顔《えがお》で泰弘《やすひろ》たちを
見守《みまも》るふりをしてごまかしていた。

「いただきます」

四人《にん》で声《こえ》を合《あ》わせ、肉《にく》を食《た》べはじめる。

「どう？」

たずねてくる泰弘《やすひろ》に、

「おいしい」

糸真《しま》は答《こた》えた。

「おいしい？　おいしいねぇ。あぁ～よかったよかった」

「あ、ビール」

由香里《ゆかり》が泰弘《やすひろ》のグラスにビールを注《つ》ごうとする。

「あぁ！　すみません。ありがとうございます」

泰弘《やすひろ》はうれしそうにグラスを傾《かたむ》けて注《つ》いでもらっている。

そんな二人《ふたり》を見《み》て、糸真《しま》と和央《わお》は、なんだかニヤニヤしてしまう。

「あ〜おいしい！　なんか今日《きょう》はホントにすいませんでした。あの人《ひと》いつもあんな感《かん》じで、でも悪《わる》い奴《やつ》じゃないんですよ。根《ね》はいい奴《やつ》で……いやぁ、なんで俺《おれ》かばってるんだろ」

泰弘《やすひろ》は頭《あたま》をかいた。たしかに、今《いま》、おつきあいをしている女性《じょせい》の前《まえ》で、前《まえ》の結婚相手《けっこんあいて》を褒《ほ》めるなんて。でもそこが泰弘《やすひろ》らしいのだけど。

「ええ、わかります。愛情《あいじょう》の見《み》せ方《かた》なんて人《ひと》それぞれですし」

おっとりとした口調《くちょう》で言《い》う由香里《ゆかり》を、泰弘《やすひろ》はいとおしそうに見《み》つめていた。

糸真《しま》も、真智《まち》をそんなふうに言《い》ってくれたことがうれしかった。

それにしても泰弘《やすひろ》の顔《かお》、さっきからずっとゆるみっぱなしだ。

由香里《ゆかり》のことをちらちらと見《み》ては、とてもしあわせそうな顔《かお》で微笑《ほほえ》んでいる。

あ、でももしかしたら自分《じぶん》もそうかも。

糸真《しま》はあわてて表情《ひょうじょう》をひきしめる。

和央《わお》が来《き》てくれたことがうれしくて、目《め》の前《まえ》でこんなふうにごはんを食《た》べていることが信《しん》じられなくて、胸《むね》の中全部《なかぜんぶ》が淡《あわ》いピンク色《いろ》に染《そ》められたようで……。

たぶん泰弘《やすひろ》と同《おな》じような顔《かお》をしているだろう。

「糸真《しま》ちゃんは、お母《かあ》さんと似《に》てるのね」

ななめ向《む》かい側《がわ》に座《すわ》っている由香里《ゆかり》が声《こえ》をかけてきた。

「え！　そうですか？」

「うん、かわいらしい雰囲気《ふんいき》とか」

かわいらしいだなんて。

糸真《しま》は照《て》れくさくなって、意味《いみ》なく自分《じぶん》の頰《ほお》に触《ふ》れたりしてしまう。

そんなやりとりをニコニコと見《み》ていた泰弘《やすひろ》が、急《きゅう》に真面目《まじめ》な表情《ひょうじょう》になった。

「あの！」

泰弘《やすひろ》が声《こえ》をあげたので、みんながおどろいて注目《ちゅうもく》する。

「これからもこうやっていっしょにいられるとうれしいです！　……僕《ぼく》と、僕《ぼく》と結婚《けっこん》してくださいませんか！」

は？

いくらなんでも突然《とつぜん》すぎない？

だってついこのあいだまで一方的《いっぽうてき》に憧《あこが》れていた感《かん》じだったけど……？

プロポーズするなんて聞《き》いてないし。

糸真《しま》はあぜんとしていた。
和央《わお》も、箸《はし》を止《と》めて泰弘《やすひろ》と由香里《ゆかり》を交互《こうご》に見《み》ている。
「……はい」
由香里《ゆかり》がうなずいた。
えー、うそー。なんでー。
糸真《しま》は、開《あ》いた口《くち》がふさがらなかった。
ていうことは、糸真《しま》と和央《わお》はつまりその……。
困惑《こんわく》した糸真《しま》が和央《わお》を見《み》ると、和央《わお》がにっこりと笑《わら》った。

5. 和央《わお》と家族《かぞく》になりました

北海道《ほっかいどう》に、遅《おそ》い春《はる》がやってきたある週末《しゅうまつ》の日《ひ》……。

糸真《しま》は小《ちい》さなチャペルで、泰弘《やすひろ》と由香里《ゆかり》の結婚式《けっこんしき》を見守《みまも》っていた。

和央《わお》はもちろん、弦《げん》も、晴歌《はるか》も、そして、スミレもいる。

和央《わお》はニコニコしているけれど、糸真《しま》はなんだか夢《ゆめ》を見《み》ているような、不思議《ふしぎ》な気持《きも》ちだった。

家《いえ》にはもう、由香里《ゆかり》と和央《わお》の荷物《にもつ》が運《はこ》びこまれている。

数《すう》か月前《げつまえ》まで『住友泰弘《すみともやすひろ》』だけだった表札《ひょうさつ》に『糸真《しま》』が、そして『由香里《ゆかり》・和央《わお》』が書《か》きたされた。

結婚式《けっこんしき》が終《お》わって家《いえ》に帰《かえ》ったら、四人家族《にんかぞく》でいっしょに暮《く》らす。

でも、一《ひと》つ屋根《やね》の下《した》で和央《わお》と暮《く》らすなんて、まだ信《しん》じられない。

「糸真《しま》ちゃん、家族写真撮《かぞくしゃしんと》ろう」

泰弘《やすひろ》に言《い》われて、式《しき》の後《あと》、写真《しゃしん》を撮《と》ることになった。

泰弘《やすひろ》と由香里《ゆかり》を囲《かこ》むようにして、糸真《しま》と和央《わお》、そしてスミレが座《すわ》る。

「はい、撮《と》りまーす」

シャッターを押《お》すのは弦《げん》だ。

いつにもまして不愛想《ぶあいそう》な弦《げん》はなにか言《い》いたそうな表情《ひょうじょう》を浮《う》かべているけれど、とりあえずカメラマンに徹《てっ》している。

うん、弦《げん》。弦《げん》の気持《きも》ち、わかるよ。

糸真《しま》は心《こころ》の中《なか》でつぶやいた。

弦《げん》だってこの急展開《きゅうてんかい》に、心《こころ》が追《お》いつかないよね。


朝起《あさお》きて、目《め》をこすりながら部屋《へや》のドアを開《あ》けると、すぐに向《む》かいの部屋《へや》のドアが開《ひら》いた。

「おはよぉ」

パジャマ姿《すがた》の和央《わお》が、眠《ねむ》そうに目《め》をこすって立《た》っている。

「お、おはよう」

糸真《しま》はあわてて寝癖《ねぐせ》を直《なお》してみたけれど、和央《わお》はそんなことは気《き》にせずに、大《おお》あくびをしながら階段《かいだん》をおりていった。

リビングにおりてきた糸真《しま》は、正式《せいしき》に住友家《すみともけ》の飼《か》い犬《いぬ》になったスミレの受《う》け皿《さら》にごはんをいれた。

「待《ま》て！」

スミレに言《い》って、

「……いい？」

そばにいる和央《わお》を見《み》る。和央《わお》がうなずいたので、

「よし！」

糸真《しま》が言《い》うと、スミレは勢《いきお》いよくごはんを食《た》べはじめた。

「よし！　いい子《こ》ースミレ！」

和央《わお》が声《こえ》をかける。

「おぉースミレ、食《た》べてるねぇ〜。よし、こっちもごはんにしよぉ」

泰弘《やすひろ》が声《こえ》をかけにきた。

「はぁーい」

和央《わお》が返事《へんじ》をして、いっしょに食卓《しょくたく》に着《つ》く。

糸真《しま》と和央《わお》はとなりだ。

和央《わお》と朝《あさ》ごはんを食《た》べるなんて。

糸真《しま》は和央《わお》を意識《いしき》してしまう。

でも、いっしょに住《す》んでるんだし。

一《ひと》つ屋根《やね》の下《した》でこれからもずっといっしょだし……。

そう思《おも》って落《お》ちつこうとするのだけれど、やっぱり無理《むり》。

「うわぁなんかすごいなぁ。朝《あさ》からこんな和食《わしょく》のご馳走《ちそう》が食《た》べれるなんて！　せーの」

泰弘《やすひろ》がみんなの顔《かお》を見《み》まわす。

「いただきまぁす」

四人《にん》は声《こえ》をそろえて、朝食《ちょうしょく》を食《た》べはじめた。

「糸真《しま》、アスパラをこれにつけて食《た》べるの。おいしいよ」

和央《わお》が三種類《しゅるい》盛《も》ってある由香里《ゆかり》特製《とくせい》ソースの皿《さら》を手《て》に取《と》った。

そして、アスパラに一番端《いちばんはじ》のソースをつけて、食《た》べてみせる。

「へぇ〜」

和央《わお》に言《い》われたとおりに食《た》べてみる。

「ん！　おいしい！」

糸真《しま》が声《こえ》をあげると、

「でしょ？」

和央《わお》が笑《わら》いかけてくる。

「あ～、よかったぁ～」

由香里《ゆかり》は胸《むね》をなでおろした。

「おしゃれな食《た》べ方知《かたし》ってますね～、すごいなぁ～」

泰弘《やすひろ》は相変《あいか》わらずデレデレだ。

糸真《しま》もみんなと同《おな》じようにニコニコしながら……やっぱり和央《わお》を意識《いしき》していた。


その日《ひ》、和央《わお》は弦《げん》の家《いえ》を訪《おとず》れた。

このあたりでは一番大《いちばんおお》きな弦《げん》の家《いえ》は、門構《もんがま》えも立派《りっぱ》だ。

インターホンを押《お》して待《ま》っていると、弦《げん》が出《で》てきて、中《なか》に招《まね》きいれてくれた。

「あぁ、弦《げん》、これ、お母《かあ》さんが、写真《しゃしん》のお礼《れい》にって」

すこし前《まえ》まで和央《わお》と由香里《ゆかり》が二人《ふたり》で暮《く》らしていた家《いえ》が、そのまま入《はい》ってしまいそうなほど広《ひろ》いリビングで、和央《わお》は持《も》ってきた紙袋《かみぶくろ》をさしだした。

「ふ〜ん、別《べつ》にいいのに」

弦《げん》が紙袋《かみぶくろ》をのぞいている。

和央《わお》はいつものようにソファに座《すわ》ろうとして、机《つくえ》の上《うえ》に弓《ゆみ》の楽譜《がくふ》が置《お》いてあることに気《き》づいた。

「弓《ゆみ》ちゃんは？」

「あぁ、ボランティアじゃね？　ピアノ教室《きょうしつ》の」

弦《げん》が言《い》う。

「……そっか」

と、そこに弦《げん》の母《はは》、琴《こと》が入《はい》ってきた。

「あ、こんにちは」

和央《わお》は頭《あたま》をさげた。

「あぁ……どうも」

琴《こと》がこれ以上《いじょう》はないぐらい、ぶっきらぼうに言《い》う。

「これ、和央《わお》の母《かあ》ちゃんから、紅茶《こうちゃ》」

弦《げん》は紙袋《かみぶくろ》を琴《こと》にわたした。

「ご結婚《けっこん》、おめでとうございます」

琴《こと》は、まったく感情《かんじょう》をこめずに言《い》う。

「ありがとうございます」

和央《わお》が礼《れい》を言《い》っている途中《とちゅう》で、琴《こと》は目《め》も合《あ》わせずにリビングを出《で》ていった。

「……ねえ、弦《げん》」

和央《わお》はバタン、と閉《し》められたドアを見《み》つめながら言《い》った。

「んあ？」

「今《いま》まで、ありがとね」

「なんだそれ、別《わか》れのあいさつか？」

「いや、なんとなく。弦《げん》にはいろいろやってもらってたし」

「やってもらってたとか言《い》うな。あげてたわけじゃねえよ」

「うん……でもやっぱりもらってた、だよ。なんでも持《も》ってる弦《げん》に」

それは和央《わお》の本心《ほんしん》だ。

「……金《かね》の話《はなし》か」

弦《げん》が露骨《ろこつ》に不機嫌《ふきげん》な表情《ひょうじょう》になる。

「そうだよ、お金《かね》の話《はなし》。最初《さいしょ》からなにもかも持《も》ってる弦《げん》にはわからないと思《おも》うけど」

和央《わお》はふっと微笑《ほほえ》んだ。

十年以上前《ねんいじょうまえ》に二人《ふたり》が出会《であ》ったときから、弦《げん》の家《いえ》と和央《わお》の家《いえ》の差《さ》は歴然《れきぜん》としていた。

最初《さいしょ》はただ無邪気《むじゃき》に仲《なか》よくしていただけだったけれど、成長《せいちょう》するにつれて、だんだんとわかるようになっていった。

そしてその事実《じじつ》は、二人《ふたり》の間《あいだ》にある、どうしても踏《と》びこえられない溝《みぞ》だった。

すくなくとも和央《わお》にとっては、そうだった。

体《からだ》が弱《よわ》い和央《わお》は、いつだって弦《げん》に助《たす》けてもらっていた。

学校《がっこう》のプリントを持《も》ってきてくれたのも弦《げん》だし、由香里《ゆかり》が働《はたら》きに出《で》ていて留守《るす》のとき、寝《ね》こんでいる和央《わお》といっしょにいてくれたのも弦《げん》だ。

それだけじゃない。お金《かね》の面《めん》でも、さりげなく助《たす》けてくれていた。

ピアノを習《なら》いたくても習《なら》えない和央《わお》に古《ふる》いピアノをくれたり、弓《ゆみ》がピアノを教《おし》えてくれたり……

小《ちい》さいころは気《き》づかなかったけれど、弦《げん》が和央《わお》のためにやってくれたことは数知《かずし》れない。

「なんか僕《ぼく》、すごいかっこ悪《わる》いね」

和央《わお》は、へへへと笑《わら》い、肩《かた》をすくめた。

「……おまえは、俺《おれ》にやってもらうのがイヤだったのか？」

弦《げん》が、ものすごく怖《こわ》い顔《かお》で和央《わお》を見《み》ている。

和央《わお》は、ただ力《ちから》なく笑《わら》うしかない。

「ふざけんな！」

弦《げん》が叫《さけ》んだ。

「……そういうふうにとらわれてる弦《げん》がイヤだ」

和央《わお》はつぶやいた。

二人《ふたり》は気《き》まずい空気《くうき》に包《つつ》まれたまま、だまりこんだ。


週《しゅう》が明《あ》けた月曜日《げつようび》、糸真《しま》と和央《わお》はいっしょに家《いえ》を出《で》た。

いつもはすぐ先《さき》の角《かど》で弦《げん》と合流《ごうりゅう》する。

でもその日《ひ》、弦《げん》はいなかった。

なのに和央《わお》はそのままスタスタと歩《ある》いていく。

教室《きょうしつ》に着《つ》いてからも糸真《しま》と話《はな》していたけれど、弦《げん》のことにはまったくふれない。

と、そこに、弦《げん》が入《はい》ってきた。

和央《わお》と弦《げん》が別々《べつべつ》に登校《とうこう》しただけで、教室中《きょうしつじゅう》はざわついている。

弦《げん》は不機嫌《ふきげん》な顔《かお》で席《せき》に座《すわ》り、だれとも口《くち》をきかない。

和央《わお》はひょうひょうとした態度《たいど》だけれど、それでも弦《げん》の方《ほう》は見《み》ないし、不自然《ふしぜん》だ。

なにかあったのかな。

糸真《しま》は和央《わお》と弦《げん》を交互《こうご》に見《み》た。

「しっかしあんたら、本当《ほんとう》に姉弟《きょうだい》になったんだね」

そこに晴歌《はるか》が登校《とうこう》してきた。

「ねぇ」

和央《わお》が糸真《しま》に笑《わら》いかける。

「え、あ、うん」

糸真《しま》は戸惑《とまど》いながらうなずいた。

その会話《かいわ》を聞《き》いていた弦《げん》の片方《かたほう》の眉毛《まゆげ》がぴくりとあがる。

「あんたらもくっついちゃえばいいのに？」

仲直《なかなお》りして以来《いらい》、晴歌《はるか》は前《まえ》よりもサバサバしているし、ズバズバものを言《い》うようになった。

こういう晴歌《はるか》の方《ほう》が、これまでよりずっとつきあいやすくて、好《す》きだ。

「ちょ、ちょっと、晴歌《はるか》やめてよ。和央《わお》にだって選《えら》ぶ権利《けんり》あるんだから」

糸真《しま》はあわてて否定《ひてい》した。

「同《おな》じクラスで同《おな》じ家《いえ》から登校《とうこう》ってどうなんだよ」

と、教室《きょうしつ》のどこからか声《こえ》が聞《き》こえてきた。

「なんかこっちが気《き》ぃ使《つか》うよな」

「ってかさ、弦《げん》から糸真《しま》ん家《ち》に乗《の》りかえたってこと？」

「そー。舘林《たてばやし》から住友《すみとも》に乗《の》りかえたの、しかも親子《おやこ》で！」

声《こえ》のする方《ほう》を見《み》ると、教室《きょうしつ》の隅《すみ》で、数人《すうにん》の男子生徒《だんしせいと》たちが糸真《しま》たちの方《ほう》を見《み》て盛《も》りあがっている。

実《じつ》に楽《たの》しそうに、糸真《しま》たちにわざと聞《き》こえるようにだ。

「おい」

と、弦《げん》が立《た》ちあがった。

教室内《きょうしつない》がしんと静《しず》まりかえる。

「今《いま》、おまえなんつった！」

弦《げん》は男子生徒《だんしせいと》の一人《ひとり》の胸倉《むなぐら》をつかんでいる。

「ちょ、ちょ、ちょ、ちょ！」

糸真《しま》はあわてて弦《げん》の元《もと》へ走《はし》っていく。

「弦《げん》！　ちょっとやめて！　きゃぁ！！！」

止《と》めようと駆《か》けよった糸真《しま》の顔《かお》に、男子生徒《だんしせいと》を殴《なぐ》ろうとふりあげた弦《げん》の肘《ひじ》がクリーンヒットし
……糸真《しま》の鼻《はな》からつーっと血《ち》が流《なが》れた。

「糸真《しま》？　糸真《しま》、だいじょうぶ？　痛《いた》い？」

和央《わお》が糸真《しま》に駆《か》けよってくる。

まわりが騒然《そうぜん》とする中《なか》、弦《げん》はぼうぜんと立《た》ちつくしていた。


保健室《ほけんしつ》のドアが、勢《いきお》いよく開《ひら》いた。

和央《わお》に介抱《かいほう》されていた糸真《しま》がちらりと見《み》ると、弓《ゆみ》が飛《と》びこんでくるところだった。

「住友《すみとも》さんだいじょうぶ？　……弦《げん》が、ごめんなさい」

「あ、いえいえ、そんなたいしたことないんでだいじょうぶです」

鼻《はな》にガーゼを当《あ》てていた糸真《しま》は、顔《かお》をあげた。

「本当《ほんとう》？　よかった……」

安堵《あんど》のため息《いき》をつく弓《ゆみ》を、和央《わお》が至近距離《しきんきょり》からじっと見《み》つめている。

弓《ゆみ》はその視線《しせん》に気《き》づいて和央《わお》の方《ほう》を向《む》いた。

「和央《わお》、弦《げん》とケンカした？」

問《と》いかけられた和央《わお》が、小《ちい》さくうなずく。

「あの子《こ》、最近《さいきん》、変《へん》だったから」

弓《ゆみ》は納得《なっとく》したように、微笑《ほほえ》んだ。

「弦《げん》に……今《いま》までありがとうって言《い》ったんだ」

うつむいてしまう和央《わお》を、弓《ゆみ》はやさしい目《め》で見《み》ている。

「弦《げん》はね、和央《わお》のこと守《まも》ることで、自分《じぶん》を支《ささ》えてるの。人《ひと》を守《まも》るつもりで、自分《じぶん》を一生懸命《いっしょうけんめい》支《ささ》えているのよ」

「じゃあ、僕《ぼく》が否定《ひてい》したら、弦《げん》は支《ささ》えを失《うしな》うの？」

和央《わお》の目《め》に、涙《なみだ》が浮《う》かんでくる。

「そうねぇ、そうでしょうねぇ」

弓《ゆみ》が独特《どくとく》ののんびりした口調《くちょう》で言《い》う。

和央《わお》の大《おお》きな瞳《ひとみ》からは、今《いま》にも涙《なみだ》がこぼれそうだ。

そんな二人《ふたり》のやりとりを、糸真《しま》は黙《だま》って見《み》つめていた。


翌朝《よくあさ》、糸真《しま》は和央《わお》と二人《ふたり》で家《いえ》を出《で》た。

しばらく歩《ある》いていると、弦《げん》の姿《すがた》が見《み》えた。

「おはよ！」

糸真《しま》が声《こえ》をかけたけれど、弦《げん》は振《ふ》りかえりもせずに、そのまま歩《ある》いていく。

「弦《げん》」

和央《わお》は弦《げん》を追《お》いかけていった。

「僕《ぼく》が言《い》ったのは、全部本当《ぜんぶほんとう》の気持《きも》ちだけど、弦《げん》と離《はな》れたかったわけじゃないよ」

和央《わお》が、弦《げん》の背中《せなか》に声《こえ》をかける。

糸真《しま》もあわてて二人《ふたり》を追《お》いかけた。

「それだけは、信《しん》じてほしいんだ」

和央《わお》が言《い》うと、弦《げん》は振《ふ》りかえった。

「だろうな。俺《おれ》には弓《ゆみ》ちゃんがついてくるからな」

弦《げん》が冷《さ》めた口調《くちょう》で言《い》い、また歩《ある》きだす。

「え？」

糸真《しま》は思《おも》わず和央《わお》の顔《かお》を見《み》た。

と同時《どうじ》に、和央《わお》は弦《げん》の背中《せなか》に思《おも》いきりカバンを投《な》げつけた。

「一生《いっしょう》すねてろ！　ばーか！」

そしてカバンを拾《ひろ》いあげて、一人《ひとり》ですたすたと歩《ある》いていってしまう。

「弓《ゆみ》ちゃん？　弓先生《ゆみせんせい》？」

糸真《しま》は、ぼうぜんと立《た》ちつくしている弦《げん》にたずねた。

「……とっくに気《き》づいてるかと思《おも》ってた」

前《まえ》を向《む》いたまま、弦《げん》がつぶやく。

「それって、そういう意味《いみ》だよね？」

糸真《しま》の頭《あたま》の中《なか》に、保健室《ほけんしつ》での光景《こうけい》がよみがえる。

弓《ゆみ》を見《み》つめていた和央《わお》。和央《わお》にやさしく語《かた》りかける弓《ゆみ》。

糸真《しま》が絶対《ぜったい》に入《はい》りこめない、二人《ふたり》だけの空間《くうかん》。

あのときから、うすうす感《かん》じてはいたけれど……あらためて弦《げん》の口《くち》から聞《き》いて、おどろきとショックを隠《かく》せない。

はあ。

弦《げん》が、鈍感《どんかん》な糸真《しま》にあきれたようにため息《いき》をついた。

糸真《しま》は糸真《しま》で、ため息《いき》をつきたいのは私《わたし》だ、と言《い》いたくなる。

「なあ、俺《おれ》は、どうしたらいい？」

弦《げん》はうなだれて、もう一度《いちど》大《おお》きくため息《いき》をつく。

糸真《しま》はじれったくなって、弦《げん》の背中《せなか》をバシッとカバンでたたいた。

「いってぇな、なにすんだよ！」

弦《げん》が糸真《しま》をどなりつける。

「どうしたらいいのかって、好《す》きにすればいいでしょ！　彼女《かのじょ》でも作《つく》って、和央《わお》から自立《じりつ》しろ！」

糸真《しま》はフン、とそっぽを向《む》き、弦《げん》をその場《ば》に残《のこ》して歩《ある》きだした。

夜《よる》、糸真《しま》がお風呂《ふろ》をすませて髪《かみ》をふきながらリビングに入《はい》っていくと、和央《わお》がスミレといっしょに座《すわ》っていた。
和央《わお》は糸真《しま》がいることにも気《き》づかずに、がっくりとうなだれている。
「わ、お」
糸真《しま》は思《おも》わず声《こえ》をかけた。
「……うん」
和央《わお》はさびしげな笑顔《えがお》を見《み》せたかと思《おも》うと、またすぐに下《した》を向《む》いてしまう。
糸真《しま》は和央《わお》の横《よこ》に、黙《だま》って腰《こし》をおろした。
すると、和央《わお》が糸真《しま》の肩《かた》にもたれかかってくる。
和央《わお》のサラサラな髪《かみ》の毛《け》が糸真《しま》の頬《ほお》に触《ふ》れる。
え……。
鼓動《こどう》が高《たか》まってくる。
だけど、和央《わお》の元気《げんき》のなさも伝《つた》わってきて、せつなくなる。
早《はや》く弦《げん》と仲《なか》なおりしたいよね。
きっと弦《げん》だって同《おな》じ気持《きも》ちのはず。
何《なに》かしてあげられたらいいけれど……。

糸真《しま》は体《からだ》を硬直《こうちょく》させたまま、そんなことを考《かんが》えていた。


翌日《よくじつ》の放課後《ほうかご》、糸真《しま》は音楽室《おんがくしつ》の前《まえ》で、流《なが》れてくるピアノのメロディを聴《き》いていた。

しばらくすると音《おと》がやんだので、ノックをしてドアを開《あ》ける。

「ちょっといいですか？」

「どうぞ」

楽譜《がくふ》を片《かた》づけていた弓《ゆみ》が微笑《ほほえ》む。

弓《ゆみ》がいる空間《くうかん》は、ほかの場所《ばしょ》とはちょっとちがう、不思議《ふしぎ》な空気《くうき》が流《なが》れている。

「コンサートですか？」

糸真《しま》はピアノの上《うえ》に置《お》いてあるチラシを手《て》に取《と》った。

『第《だい》5回《かい》ハマナス会《かい》ミニピアノコンサート　奏者《そうしゃ》　舘林弓《たてばやしゆみ》』

「そんなに大《おお》きいものじゃないけどね。弦《げん》と和央《わお》のことも呼《よ》んでるのよ。あの子《こ》たち、まだ仲直《なかなお》りしてないでしょ」

弓《ゆみ》はおだやかな笑《え》みを浮《う》かべて言《い》う。

糸真《しま》はなにも言《い》えず、その場《ば》に立《た》っていた。

「どうかした？」

弓《ゆみ》にたずねられ、糸真《しま》は勇気《ゆうき》をふりしぼり、口《くち》を開《ひら》いた。

「……先生《せんせい》は好《す》きな人《ひと》いますか？」

糸真《しま》の問《と》いかけに、どういう意味《いみ》なのかというように、弓《ゆみ》は首《くび》をかしげている。

その無言《むごん》の問《と》いかけに答《こた》えるように、糸真《しま》は思《おも》いきって口《くち》を開《ひら》いた。

「それって、和央《わお》のことですか？」

一瞬《いっしゅん》、間《ま》があった。

でもすぐに弓《ゆみ》は言《い》った。

「私《わたし》ね、今度《こんど》お見合《みあ》いするの」

へ？

あまりにも意外《いがい》な答《こた》えに、糸真《しま》はおどろいてしまう。

「その人《ひと》に決《き》めたわけじゃないけど、候補《こうほ》はたくさんいて、その人《ひと》がダメならまた次《つぎ》、また次《つぎ》って。私《わたし》、がんばるわ」

弓《ゆみ》は微笑《ほほえ》んだ。

「コンサート、観《み》にきてね」

弓《ゆみ》はそう言《い》うけれど……糸真《しま》は笑顔《えがお》をかえすことはできなかった。

6. 十年愛《ねんあい》のゆくえ

弓《ゆみ》のコンサートは、市内《しない》の小《ちい》さなホールで催《もよお》された。

いつもよりすこしおしゃれをした糸真《しま》は、和央《わお》、弦《げん》、晴歌《はるか》と、客席《きゃくせき》からステージを見《み》ていた。

濃《こ》い紫色《むらさきいろ》のドレス姿《すがた》の弓《ゆみ》が、笑顔《えがお》でピアノを弾《ひ》いている。

糸真《しま》は目《め》だけを動《うご》かして、斜《なな》め前《まえ》に座《すわ》る和央《わお》の様子《ようす》をうかがってみた。

和央《わお》はほとんどまばたきもせずに、まっすぐに弓《ゆみ》を見《み》ている。

終演後《しゅうえんご》、糸真《しま》たちはホールの入《い》り口《ぐち》で弓《ゆみ》が招待客《しょうたいきゃく》にあいさつし終《お》わるのを待《ま》っていた。

和央《わお》は小《ちい》さなブーケを手《て》に、糸真《しま》たちより一歩前《いっぽまえ》に出《で》ている。

「仲直《なかなお》りしたの？」

糸真《しま》は背伸《せの》びをして、弦《げん》の耳元《みみもと》でささやいた。

「…………」

弦《げん》はうるせえな、とでも言《い》いたげに糸真《しま》を見《み》る。

「早《はや》くしなよ」

糸真《しま》が言《い》うと、

「わかってる」

弦《げん》がさらにムッとした表情《ひょうじょう》になる。

そんな糸真《しま》たちのやりとりを、晴歌《はるか》は無言《むごん》でじっと見《み》ている。

「ゆ～み～」

そのとき、琴《こと》が弓《ゆみ》を呼《よ》んだ。

「娘《むすめ》の弓《ゆみ》です。こちらね、大下建設《おおしたけんせつ》の大下《おおした》さとしさん」

琴《こと》が近《ちか》くにいたスーツ姿《すがた》の男性《だんせい》を紹介《しょうかい》する。

「大下《おおした》です。はじめまして」

「はじめまして」

弓《ゆみ》が頭《あたま》をさげると、大下《おおした》は手《て》に持《も》っていた豪華《ごうか》な花束《はなたば》をさしだした。

「よろしければどうぞ」

大下《おおした》に言《い》われ、弓《ゆみ》は照《て》れくさそうにしながら、花束《はなたば》を受《う》けとった。

「あれって先生《せんせい》の恋人《こいびと》？」

晴歌《はるか》が弦《げん》にたずねる。

「いや、見合《みあ》いの相手《あいて》。この後《あと》、近《ちか》くで食事会《しょくじかい》があるんだとさ」

弦《げん》が言《い》ったとき、

「ちょっとあいさつに行《い》ってきます。のちほど」

弓《ゆみ》が大下《おおした》に頭《あたま》をさげて、こちらにやってきた。

「今日《きょう》はありがとうね」

「先生《せんせい》、とってもきれいでした！」

晴歌《はるか》がにこやかに声《こえ》をかける。

「ありがとう」

弓《ゆみ》はおだやかに笑《わら》っているけれど、糸真《しま》は和央《わお》の様子《ようす》が気《き》になってしかたなかった。

和央《わお》は、弓《ゆみ》が抱《かか》えている花束《はなたば》をじっと見《み》つめている。

「糸真《しま》、ごめん」

「えっ」

和央《わお》は持《も》っていた小《ちい》さなブーケを糸真《しま》にあずけた。そして和央《わお》は弓《ゆみ》が手《て》にしている大《おお》きな花束《はなたば》を奪《うば》い、近《ちか》くのごみ箱《ばこ》に捨《す》てた。

「和央《わお》！　やめて！」

弓《ゆみ》が声《こえ》をあげた。

「おい！　君《きみ》！」

大下《おおした》も気《き》づいて声《こえ》をあげる。

和央《わお》は大下《おおした》にはかまわず、ただ弓《ゆみ》だけを見《み》つめていた。

糸真《しま》と弦《げん》は固唾《かたず》をのみ、二人《ふたり》を見《み》ていたが、晴歌《はるか》はついていけず、え？　という顔《かお》をしている。

「弓《ゆみ》ちゃん？」

和央《わお》は、今《いま》にも泣《な》きそうになっている弓《ゆみ》に呼《よ》びかけた。

弓《ゆみ》は無言《むごん》で唇《くちびる》をかみしめている。

そしてついに自分《じぶん》の気持《きも》ちをこらえられなくなったのか、くるりと背《せ》を向《む》けて走《はし》っていってしまう。

「弓《ゆみ》ちゃん？　弓《ゆみ》ちゃん！」

琴《こと》が声《こえ》をあげた。

「あなた、どういうつもりなの？」

琴《こと》は今《いま》にも弓《ゆみ》の後《あと》を追《お》っていきそうな和央《わお》の前《まえ》に立《た》ちはだかった。

「悪《わる》いけど金輪際《こんりんざい》、弓《ゆみ》に近《ちか》づかないで。うちにも来《こ》ないでちょうだい」

琴《こと》はぴしゃりと言《い》った。

「お母《かあ》さん、再婚《さいこん》したのよね。だったらもういいでしょ、うちに頼《たよ》らなくても」

琴《こと》は顎《あご》をあげ、どこか見《み》くだすような目《め》つきで和央《わお》を見《み》ている。

和央《わお》は言《い》いかえすことなく、黙《だま》っていた。

「ちょっと待《ま》てよ。おいババア、なに言《い》ってんだ」

そのとき、弦《げん》がものすごい勢《いきお》いで琴《こと》の前《まえ》にグイッと出《で》てきた。

「弦《げん》ちゃん、なんてこと」

琴《こと》がびっくりして弦《げん》を見《み》あげた。糸真《しま》と晴歌《はるか》はただ黙《だま》っているしかない。

「どいつもこいつも勝手《かって》なこと言《い》いやがって！　こいつは俺《おれ》の友《とも》だちだ！　ただそれだけなんだよ！　おまえが口《くち》だしすることじゃねぇ！」

弦《げん》は会場中《かいじょうじゅう》にひびきわたるような声《こえ》をあげた。

琴《こと》はふらついて壁《かべ》に手《て》をついている。

「和央《わお》、行《い》け！」

弦《げん》が叫《さけ》んだ。

「弦《げん》……」

和央《わお》は弦《げん》の言葉《ことば》に背中《せなか》を押《お》されるように、走《はし》りだした。

「和央《わお》！」

糸真《しま》はあわてて和央《わお》を呼《よ》びとめて、振《ふ》りかえった和央《わお》に小《ちい》さなブーケを手《て》わたす。

だいじょうぶ。

そんな思《おも》いをこめて笑顔《えがお》でうなずくと、和央《わお》もしっかりとうなずいて、再《ふたた》び走《はし》りだした。

だんだんと遠《とお》くなっていく背中《せなか》を、糸真《しま》は無言《むごん》で見守《みまも》っていた。

自分《じぶん》の、和央《わお》への想《おも》いはどこへ行《い》ったのだろう。

なんだかよくわからないけれど……。

和央《わお》がしあわせでいてほしい。

それでいい。

負《ま》け惜《お》しみでも強《つよ》がりでもなく、糸真《しま》はただそういう思《おも》いだった。

弓《ゆみ》は、廊下《ろうか》の隅《すみ》の椅子《いす》に伏《ふ》せて泣《な》いていた。

両手《りょうて》で顔《かお》をおおって、背中《せなか》をふるわせている。

そんな弓《ゆみ》を見《み》ていると、和央《わお》も胸《むね》が痛《いた》くなってくる。

まだ自分《じぶん》が弓《ゆみ》よりもずっと背《せ》の低《ひく》いころから、和央《わお》は弓《ゆみ》の悲《かな》しい顔《かお》を見《み》るのがなによりもイヤだった。

いつのまにか、和央《わお》は弓《ゆみ》よりも背《せ》が高《たか》くなった。

でも、十歳《さい》の年《とし》の差《さ》は変《か》わらない。

そして今《いま》、弓《ゆみ》にこんな顔《かお》をさせているのは自分《じぶん》だ。

「弓《ゆみ》ちゃん」

和央《わお》が声《こえ》をかけると、弓《ゆみ》はびくっと背中《せなか》をふるわせた。

「……わかった。弓《ゆみ》ちゃんがイヤなら、もう二度《にど》と会《あ》わない……さようなら」

和央《わお》が言《い》うと、弓《ゆみ》はおどろいて立《た》ちあがった。

「嘘《うそ》だよ」

和央《わお》はその場《ば》に立《た》ったまま、弓《ゆみ》を見《み》ていた。

「……ひどい」

弓《ゆみ》が頰《ほお》の涙《なみだ》をぬぐう。

「どっちが。ずっと僕《ぼく》の気持《きも》ち無視《むし》してたくせに。自分《じぶん》の気持《きも》ち、無視《むし》してたくせに」

「……私《わたし》は、教師《きょうし》なのよ」

弓《ゆみ》はすこしだけ唇《くちびる》をとがらせて、和央《わお》をにらむ。

「昔《むかし》は高校生《こうこうせい》だったよ」

和央《わお》は微笑《ほほえ》んだ。

「そのとき、和央《わお》は小学生《しょうがくせい》でしょ」

「十歳《さい》の差《さ》がなに？」

和央《わお》は真剣《しんけん》に弓《ゆみ》の顔《かお》をのぞきこむ。

「僕《ぼく》のこと嫌《きら》い？」

和央《わお》の問《と》いかけに、弓《ゆみ》は黙《だま》っている。

「ねえ、弓《ゆみ》ちゃん、ねえ！」

今日《きょう》こそは、弓《ゆみ》の気持《きも》ちをちゃんと聞《き》きたい。

和央《わお》は必死《ひっし》の思《おも》いで問《と》いかけた。

「……一生《いっしょう》言《い》わないつもりだったのに……好《す》きよ、和央《わお》」

弓《ゆみ》がためらいながら、自分《じぶん》の想《おも》いを口《くち》にする。

おどろいたのと、ホッとしたのと……そしてなにより、うれしくてたまらない。

「僕《ぼく》も、僕《ぼく》も好《す》きだよ」

和央《わお》は弓《ゆみ》にブーケをわたした。

弓《ゆみ》は和央《わお》を見《み》つめながらそのブーケを受《う》けとり、泣《な》き笑《わら》いの表情《ひょうじょう》を浮《う》かべた。


糸真《しま》たち三人《にん》は脱力《だつりょく》して、会場《かいじょう》の客席《きゃくせき》に座《すわ》っていた。

いっぺんにいろいろなことが起《お》こって気持《きも》ちがうまく整理《せいり》できない。

みんなそれぞれの思《おも》いを抱《かか》えながらも、しばらく無言《むごん》だったけれど……、

「和央《わお》、うまくいったかなぁ？」

糸真《しま》は気《き》になっていたことを弦《げん》にたずねた。

でも弦《げん》はなにも答《こた》えない。

「ねえ、弦《げん》」

黙《だま》っている弦《げん》の顔《かお》を、晴歌《はるか》がのぞきこむ。

「なんだよ」

めんどうくさそうな弦《げん》に、

「私《わたし》とつきあわない？」

晴歌《はるか》がたずねた。

「は？」

弦《げん》が、眉《まゆ》をひそめる。

「私《わたし》さ、前《まえ》から弦《げん》のこと好《す》きだったの。つきあってください」

晴歌《はるか》からの突然《とつぜん》の告白《こくはく》に、弦《げん》は意味《いみ》がわからないといった表情《ひょうじょう》で首《くび》をかしげている。

いや、私《わたし》も意味《いみ》わからないし。

てか、私《わたし》、邪魔者《じゃまもの》？

え、どうしたらいい？

二人《ふたり》の横《よこ》にいた糸真《しま》は、ただ口《くち》をぽかんと開《あ》けていた。


帰《かえ》り道《みち》、糸真《しま》は弦《げん》と晴歌《はるか》と別《わか》れ、一人《ひとり》で市電《しでん》に乗《の》った。

移《うつ》りゆく窓《まど》の外《そと》の景色《けしき》を見《み》つめながら、心《こころ》の中《なか》で、つぶやいてみる。

ねえ、お母《かあ》さん。

お母《かあ》さんは、恋《こい》することで新《あたら》しい自分《じぶん》になれるって言《い》ったよね。

けど、気《き》がついたら恋《こい》はどこかに行《い》っちゃったみたい。

でも……なれるよね？　きっと。

今日《きょう》、和央《わお》は弓《ゆみ》に気持《きも》ちを伝《つた》えた。
晴歌《はるか》も弦《げん》に気持《きも》ちを伝《つた》えた。
じゃあ、私《わたし》の気持《きも》ちは、どこにあるんだろう。

糸真《しま》は電車《でんしゃ》をおりて、旭山《あさひやま》の丘《おか》を目指《めざ》した。
お正月《しょうがつ》に弦《げん》と来《き》た広場《ひろば》に一人《ひとり》で立《た》ち、札幌《さっぽろ》の街《まち》を見《み》おろしてみる。
前《まえ》に来《き》たときは夜《よる》だった。
でも今《いま》は五月《がつ》の晴《は》れた空《そら》の下《した》。
広場《ひろば》から見《み》る景色《けしき》も全然《ぜんぜん》ちがう。
今《いま》ごろ、和央《わお》と弓《ゆみ》はいっしょにいるのかな。
弦《げん》と晴歌《はるか》も二人《ふたり》でいっしょに帰《かえ》ってるかな。
糸真《しま》は両手《りょうて》を広《ひろ》げて片足《かたあし》をあげ、パッセのポーズをしてみた。
でもなんだか集中《しゅうちゅう》できずに足元《あしもと》がふらついてしまい、ポーズは決《き》まらない。
それでも……。
糸真《しま》はふらつきながらも、自分《じぶん》をはげますように一人《ひとり》、踊《おど》りはじめた。

踊《おど》りに夢中《むちゅう》になっているうちに、だんだん笑顔《えがお》になってくる。
糸真《しま》は階段《かいだん》を駆《か》けあがり、今度《こんど》は丘《おか》の上《うえ》で踊《おど》りだす。
そして踊《おど》り終《お》わり、糸真《しま》はすっきりした気持《きも》ちで街《まち》を見《み》おろした。
私《わたし》もがんばる。
糸真《しま》は決意《けつい》の表情《ひょうじょう》で、目《め》の前《まえ》に広《ひろ》がる景色《けしき》を見《み》ていた。

7. 三人《にん》の、新《あたら》しい関係《かんけい》

翌朝《よくあさ》、糸真《しま》と和央《わお》が家《いえ》を出《で》ると、やっぱりいつもの角《かど》に弦《げん》はいなかった。

学校《がっこう》に行《い》き、階段《かいだん》をあがってくると、弦《げん》がだるそうに前《まえ》を歩《ある》いているのが見《み》えた。

「おはよう！」

糸真《しま》と和央《わお》が大声《おおごえ》で呼《よ》びかけると、弦《げん》がおどろいて振《ふ》りかえる。

「おう」

短《みじか》く言《い》ってまた歩《ある》きだした弦《げん》を、二人《ふたり》は追《お》いかけていった。

「おまえらなんか楽《たの》しそうだな」

弦《げん》があきれたように言《い》う。

「弦《げん》だって、でしょ？」

糸真《しま》はニヤリと笑《わら》った。

「あ？」

不満《ふまん》そうな顔《かお》で糸真《しま》を見《み》た弦《げん》は、和央《わお》に視線《しせん》を移《うつ》す。

「ババアのことなんかどうでもいいから普通《ふつう》に家来《うちこ》いよ」

そしてそれだけ言《い》うと、また歩《ある》きだす。

そのうしろ姿《すがた》を見《み》ていた和央《わお》は、

「げ〜んちゃ〜ん！」

と言《い》いながら走《はし》っていって、弦《げん》の背中《せなか》にぴょんと飛《と》びのった。

「うわ、バカよせ」

「僕《ぼく》のためにママとケンカしないでね〜」

「おりろ！　気持《きも》ちわりぃから！」

「げ〜んちゃ〜ん」

「おりろ！」

迷惑《めいわく》そうな声《こえ》をあげながらも、弦《げん》はうれしそうだ。

弦《げん》と和央《わお》はわちゃわちゃしながら楽《たの》しそうに教室《きょうしつ》に入《はい》っていく。

二人《ふたり》を見《み》ていた糸真《しま》は自分《じぶん》のことのようにうれしくなって、思《おも》わず手拍子《てびょうし》をしてしまった。

制服《せいふく》が夏服《なつふく》になったある日《ひ》の放課後《ほうかご》、糸真《しま》は教室《きょうしつ》で晴歌《はるか》を待《ま》っていた。

あっという間《ま》に時《とき》が過《す》ぎて、もう高《こう》三の一学期《がっき》も終《お》わりに近《ちか》づいている。

今週《こんしゅう》は担任《たんにん》の先生《せんせい》との個人面談《こじんめんだん》。

目《め》の前《まえ》の机《つくえ》の上《うえ》に置《お》いてあるプリントには『進路希望調査《しんろきぼうちょうさ》』と書《か》いてある。

でも、住友糸真《すみともしま》、と名前《なまえ》を書《か》いた以外《いがい》はすべて空欄《くうらん》のままだった。

糸真《しま》の面談《めんだん》の日《ひ》は明日《あした》だ。

大学《だいがく》には行《い》こうと思《おも》う。

とりあえず、家《いえ》から通《かよ》えるところ。一応《いちおう》、文系《ぶんけい》。

でもまだ具体的《ぐたいてき》にはなにも決《き》めていない。

頬杖《ほおづえ》をついて、はあ、と、ため息《いき》をついたところに、晴歌《はるか》がもどってきた。

「お待《ま》たせ」

「どうだった？」

「うん、私《わたし》は地元《じもと》の調理師《ちょうりし》の専門学校《せんもんがっこう》にするから」

「そっかぁ……晴歌《はるか》って将来《しょうらい》のこと考《かんが》えてたんだね」

「まあ料理《りょうり》するの好《す》きだしね。糸真《しま》も好《す》きなことやればいいっしょ？」

「好《す》きなこと……」

それがわからないから落《お》ちこんでるんだけど……。

糸真《しま》は机《つくえ》の上《うえ》のプリントを見《み》つめて、もう一度《いちど》ため息《いき》をついた。

バシッ。

そのプリントの上《うえ》に、晴歌《はるか》が自分《じぶん》のカバンからだしたパンフレットを置《お》いた。

カラフルな文字《もじ》で『夏休《なつやす》み　サマーキャンプOPEN《オープン》』と書《か》いてある。

「その前《まえ》にこれ！　夏休《なつやす》みみんなでキャンプ行《い》かない？」

「キャンプ？」

「そ！　キャンプ！　二学期《がっき》はじまったらどこにも行《い》けないんだし、夏休《なつやす》みに行《い》っちゃおうよ！」

晴歌《はるか》の勢《いきお》いに圧倒《あっとう》され、なにも言《い》えずにいると、

「ね！」

晴歌《はるか》が目《め》をキラキラさせて糸真《しま》の目《め》をのぞきこんでくる。

「いいけどさ、弦《げん》と二人《ふたり》きりじゃなくていいの？」

糸真《しま》がたずねると、晴歌《はるか》はがっくりと頭《あたま》をさげた。

「私《わたし》はさ、ようやく弦《げん》とつきあえるようになったわけ。なのにさあ、和央《わお》和央《わお》和央《わお》和央《わお》ってさ。

彼女《かのじょ》と和央《わお》、どっちが大切《たいせつ》なんだっつうの」

晴歌《はるか》が口《くち》をとがらせるのを見《み》て、糸真《しま》はあはは、と声《こえ》をあげて笑《わら》った。

晴歌《はるか》の突然《とつぜん》の告白《こくはく》から数《すう》か月《げつ》。

ずっとはっきりしなかった弦《げん》を晴歌《はるか》は待《ま》ちつづけ……最近《さいきん》ようやくつきあうことになったらしい。

でも弦《げん》は、相変《あいか》わらず和央《わお》にくっついている。学校《がっこう》の行《い》き帰《かえ》りも休《やす》み時間《じかん》も、いつもいっしょ。

晴歌《はるか》はせっせと弦《げん》のお弁当《べんとう》を作《つく》ったりしているけれど、恋人《こいびと》らしい甘《あま》い雰囲気《ふんいき》は、あまり……

というか、ほとんどうかがえない。

「ね！　だからさ！　弓先生《ゆみせんせい》も誘《さそ》ってさ！　そしたら和央《わお》は弓先生《ゆみせんせい》といられるし、弦《げん》と私《わたし》もいっしょに……」

と、そこまで言《い》ったところで、晴歌《はるか》は糸真《しま》をちらっと見《み》た。

「でもそっか、そしたら糸真《しま》一人《ひとり》になっちゃうか……」

「私《わたし》？」

糸真《しま》は目《め》を丸《まる》くした。

「うん」

晴歌《はるか》がうなずく。

たしかに。それほど気《き》にはしていなかったけど、そのメンバーでキャンプに行《い》ったら、糸真《しま》だけ相手《あいて》がいない。

「……ねえ、糸真《しま》さ、だれか紹介《しょうかい》しよっか？」

「え？」

またまた意外《いがい》な言葉《ことば》に、糸真《しま》はもう一度目《いちどめ》を見開《みひら》いた。

「そうだよ、糸真《しま》も彼氏作《かれしつく》りなよ！　彼氏《かれし》いた方《ほう》が受験《じゅけん》だってがんばれるっしょ！　そうしようよ！　ね！」

「う、うん」

糸真《しま》は晴歌《はるか》の勢《いきお》いに圧倒《あっとう》されて、うなずいた。

そうと決《き》まったら晴歌《はるか》はやることが早《はや》い。

数日後《すうじつご》の週末《しゅうまつ》。

糸真《しま》は円山動物園《まるやまどうぶつえん》のベンチで、たった今知《いまし》りあったばかりの男《おとこ》の子《こ》と並《なら》んで缶《かん》ジュースを飲《の》んでいた。

「あ、そうだ！　自己紹介《じこしょうかい》、ちゃんとした方《ほう》がいいよね？」

「え、あ、うん」

糸真《しま》はうなずいた。

「金沢雄大《かなざわたけひろ》です。金《かな》やんって呼《よ》んでください。東高《ひがしこう》三年《ねん》で、国重《くにしげ》とは中学《ちゅうがく》の部活《ぶかつ》がいっしょでした」

頭《あたま》をかきながらそう言《い》う彼《かれ》は、晴歌《はるか》が紹介《しょうかい》してくれた、糸真《しま》の「彼氏候補《かれしこうほ》」だ。

さっき待《ま》ちあわせ場所《ばしょ》で会《あ》ったときの第一印象《だいいちいんしょう》は、背《せ》が高《たか》いな、ということ。

そこは弦《げん》と同《おな》じだけど、ひょろひょろしている弦《げん》に比《くら》べるとがっちりしている。

ラグビーとかスポーツやってたのかな？

さわやかスポーツマンって感《かん》じ？

照《て》れくさそうにしているところも、遊《あそ》び人《にん》ぽくなくて好感《こうかん》が持《も》てる。

感《かん》じもいいし、普通《ふつう》にモテそう。

うん、初《はつ》カレ候補《こうほ》としては、悪《わる》くない……っていうか、もったいないぐらい。

雄大《たけひろ》は、自分《じぶん》のことは「金《かな》やん」と呼《よ》んでくれていいから、と言《い》って、中学時代《ちゅうがくじだい》の晴歌《はるか》とのエピソードや、今《いま》の学校生活《がっこうせいかつ》をあれこれ話《はな》してくれている。

気《き》をつかってくれて、いい人《ひと》だなあ。

糸真《しま》はそんなことを思《おも》いながら、雄大《たけひろ》のとなりでニコニコしていた。

アザラシ、レッサーパンダ、ライオン……。糸真《しま》たちは動物《どうぶつ》を見《み》てまわった。

「シロクマだぁ」

糸真《しま》はシロクマの檻《おり》の前《まえ》で足《あし》を止《と》めた。

「ねぇ知《し》ってるシロクマって北極《ほっきょく》グマって言《い》うんだって」

「ええ、そうなの？　へぇ〜。うわぁ〜大《おお》きい！」

「あとねぇ、地肌《じはだ》は黒《くろ》いんだよ」

雄大《たけひろ》は次々《つぎつぎ》と知識《ちしき》を披露《ひろう》する。

「え⁉」

「そう。で、毛《け》は透明《とうめい》なの」

「透明《とうめい》なの⁉」

「だから遠《とお》くから見《み》ると白《しろ》く見《み》えるの」


そんな糸真《しま》たちの会話《かいわ》を、和央《わお》と弦《げん》は、すこし離《はな》れた看板《かんばん》のうしろに立《た》って盗《ぬす》みぎきしていた。

糸真《しま》が今日《きょう》、動物園《どうぶつえん》でデートをすると聞《き》いて、二人《ふたり》で様子《ようす》を見《み》にきたのだ。

「ねぇ弦《げん》、そのメガネ、全然《ぜんぜん》似《に》あわないよ」

和央《わお》はメガネをかけた弦《げん》に小声《こごえ》でささやく。

「和央《わお》の帽子《ぼうし》もな」

二人《ふたり》は目《め》を合《あ》わせてふっと笑《わら》い、また糸真《しま》たちに注意《ちゅうい》を向《む》けた。


糸真《しま》と雄大《たけひろ》はまだシロクマを見《み》ていた。

「生《う》まれてすぐは六〇〇gしかないんだよ」

「六〇〇g!?」

糸真《しま》は、雄大《たけひろ》が言《い》うことにいちいちおどろきの声《こえ》をあげる。


「ぬるい会話《かいわ》なんかしやがって」

つまらなそうにつぶやく弦《げん》を、和央《わお》は帽子《ぼうし》のつばをあげてちらりと見《み》た。

すると弦《げん》は、

「国重《くにしげ》と待《ま》ちあわせしてるから行《い》くわ」

メガネをはずして和央《わお》の帽子《ぼうし》にはめると、歩《ある》きだす。

「ちょっと、弦《げん》！」

和央《わお》が声《こえ》をかけたけれど、弦《げん》は振《ふ》りかえることなく、行《い》ってしまった。


『今日《きょう》はありがとう』

夜《よる》、糸真《しま》は部屋《へや》のベッドであおむけになって、雄大《たけひろ》にメールを打《う》った。

『次《つぎ》はいつにしようか？』

と、すぐに雄大《たけひろ》から返信《へんしん》が来《く》る。

「わ、来《き》た！」

思《おも》わず声《こえ》をあげながら画面《がめん》を見《み》ていると、コンコン、とノックの音《おと》が聞《き》こえた。

「は〜い」

「どうだった？」

ドアを開《あ》けて、和央《わお》が顔《かお》をだす。

「うーん。なーんていうか、こういうのはじめてであんまよくわかんないや」

糸真《しま》は正直《しょうじき》に言《い》った。

「そうなの？　それにしては話《はなし》、盛《も》りあがってたよね」

「え？」

糸真《しま》はおどろいて和央《わお》を見《み》た。

「本当《ほんとう》はさ、弦《げん》とついていったんだ。糸真《しま》の初《はつ》デート」

和央《わお》が、へへ、と笑《わら》う。

「え？」

「あの人《ひと》とつきあうの？」

あまりにも直球《ちょっきゅう》の質問《しつもん》に、糸真《しま》は一瞬《いっしゅん》黙《だま》ったけれど、

「……どう思《おも》う？」

和央《わお》にたずねてみる。

「ん〜、あの人《ひと》のこと、好《す》きなの？」

「……いい人《ひと》だな、とは思《おも》う」

今日《きょう》会《あ》ったばかりだし、好《す》きかどうかなんて、わからない。

でも、好《す》きになる可能性《かのうせい》はある……と、思《おも》う。

たぶん……きっと。

「好《す》きなの？」

机《つくえ》の椅子《いす》に座《すわ》った和央《わお》は、大《おお》きな瞳《ひとみ》で糸真《しま》の顔《かお》をのぞきこんでくる。

心《こころ》の奥《おく》を見《み》すかされているようで、糸真《しま》は目《め》をそらした。

「……じゃあさ、和央《わお》はどうやって弓先生《ゆみせんせい》のこと好《す》きだってわかったの？」

「きれいなものを見《み》つけたとき、一番《いちばん》に弓《ゆみ》ちゃんに教《おし》えたくなる」

和央《わお》は迷《まよ》うことなく、すぐに答《こた》えた。

「きれいなもの……本当《ほんとう》に弓先生《ゆみせんせい》のこと、好《す》きなんだね」

「うん」

和央《わお》の目《め》はおだやかで、でもすごく強《つよ》い光《ひかり》を宿《やど》している。

そんな和央《わお》と向《む》かいあっていられなくて、糸真《しま》はうつむいた。

「ねえ……糸真《しま》はだれに教《おし》えたくなる？」

「えっ……」

糸真《しま》は言葉《ことば》につまりながら、メールの画面《がめん》を見《み》つめた。

8. 波乱《はらん》の夏《なつ》キャンプ

そして夏休《なつやす》み。

糸真《しま》たちは小《ちい》さなロッジが並《なら》ぶキャンプ場《じょう》にやってきた。

まっ青《さお》に晴《は》れわたる夏《なつ》の空《そら》の下《した》、雄大《たけひろ》は大《おお》きな声《こえ》で自己紹介《じこしょうかい》をし、糸真《しま》は笑顔《えがお》を浮《う》かべながら、みんなといっしょに拍手《はくしゅ》をした。

キャンプのメンバーはほかに弦《げん》と晴歌《はるか》、和央《わお》と弓《ゆみ》、そしてスミレも来《き》ている。

さっそく和央《わお》と弓《ゆみ》がバーベキューの準備《じゅんび》をはじめ、糸真《しま》たちはバドミントンをはじめた。

スミレは行儀《ぎょうぎ》よく座《すわ》ってその様子《ようす》を見《み》ている。

「準備《じゅんび》できたよ！」

弓《ゆみ》に呼《よ》ばれ、みんなは集《あつ》まっていった。

和央《わお》と弓《ゆみ》、糸真《しま》と雄大《たけひろ》、弦《げん》と晴歌《はるか》、と自然《しぜん》と三組《くみ》にわかれる。

和央《わお》は弓《ゆみ》といっしょにいるだけでしあわせ、という表情《ひょうじょう》を浮《う》かべている。晴歌《はるか》はかいがいしく弦《げん》のお皿《さら》にお肉《にく》を取《と》ってあげたりあーんして食《た》べさせてあげている。そんな中《なか》で、糸真《しま》はぎこちなく雄大《たけひろ》のとなりにいた。


「うわー！　きれい……」

食事《しょくじ》の後《あと》、糸真《しま》は近《ちか》くの湖《みずうみ》の前《まえ》に立《た》っていた。

湖《みずうみ》を囲《かこ》んでいる木々《きぎ》が、湖面《こめん》に美《うつく》しく映《うつ》っている。

糸真《しま》はスマホで湖《みずうみ》の写真《しゃしん》を撮《と》り、ふふっと微笑《ほほえ》んだ。

「糸真《しま》ちゃん。なに撮《と》ったの？」

うしろから雄大《たけひろ》が近《ちか》づいてくる。

「え、うん」

糸真《しま》はなんとなくごまかした。


二人《ふたり》はハイキングコースを歩《ある》きだした。

バーベキューおいしかったね、とか、みんないい人《ひと》そうだね、とか、雄大《たけひろ》が一方的《いっぽうてき》に話《はな》している。

たわいない雄大《たけひろ》の話《はなし》一《ひと》つ一《ひと》つに、糸真《しま》は笑《わら》いながら、うなずいていた。

「あ、あれ」

雄大《たけひろ》が足《あし》を止《と》めた。

言《い》われた方《ほう》を見《み》ると、弦《げん》と晴歌《はるか》が湖《みずうみ》のほとりを歩《ある》いているのが見《み》えた。

「はじめカップルに見《み》えなかったけど、こうやって見《み》ると国重《くにしげ》と弦《げん》さんってお似合《にあ》いだよねぇ。

あ、俺《おれ》たちも向《む》こうから言《い》われてるかな」

雄大《たけひろ》は笑《わら》っている。糸真《しま》も笑《わら》ったけれど、うまく笑《わら》えなかった。

弦《げん》と晴歌《はるか》は足《あし》を止《と》めて、湖《みずうみ》を見《み》ている。

晴歌《はるか》は岩《いわ》の上《うえ》に登《のぼ》った。そうすると弦《げん》と同《おな》じぐらいの身長《しんちょう》になる。

晴歌《はるか》は、背中《せなか》を向《む》けている弦《げん》の肩《かた》をたたいた。

「お」

雄大《たけひろ》が声《こえ》をあげた。

晴歌《はるか》は、弦《げん》の肩《かた》に手《て》を置《お》いてそっと顔《かお》を近《ちか》づけると……自分《じぶん》からキスをした。

糸真《しま》の心臓《しんぞう》がドキリ、と音《おと》を立《た》てる。

気《き》がつくと、唇《くちびる》を離《はな》した二人《ふたり》が見《み》つめあっていた。

糸真《しま》はしばらくぼんやりしていたけれど……。

速足《はやあし》で歩《ある》きだした。

「糸真《しま》ちゃん？　待《ま》って糸真《しま》ちゃん」

雄大《たけひろ》が追《お》ってくる。

でも、糸真《しま》は足《あし》を止《と》めることができなかった。

自分《じぶん》でもよくわからないけれど、糸真《しま》はひたすら歩《ある》きつづけた。

「糸真《しま》ちゃん！　待《ま》ってて！」

雄大《たけひろ》が糸真《しま》の腕《うで》をひっぱった。振《ふ》りかえった糸真《しま》の肩《かた》をつかみ、じっと目《め》を見《み》つめてくる。

「……ごめん」

糸真《しま》は後《あと》ずさりして、走《はし》りさった。


晴歌《はるか》と弦《げん》は、なにもなかったかのように、湖《みずうみ》のほとりを歩《ある》きはじめた。

「そういえば糸真《しま》たちもうまくいってるかなぁ。ねえ、金《かな》やんどう思《おも》った？」

晴歌《はるか》はスキップするように歩《ある》きながら、弦《げん》の顔《かお》をのぞきこむ。

「……まぁ、動物《どうぶつ》は好《す》きそうだから、スミレとは仲《なか》よくなるんじゃねえの？　動物園《どうぶつえん》行《い》ってたろ、あいつら」

弦《げん》の言葉《ことば》に、晴歌《はるか》は「え？」と声《こえ》をあげそうになった。

「動物園《どうぶつえん》……？　なんで弦《げん》が知《し》ってるの？」

「なんでって、和央《わお》がついていくっていうからさ、俺《おれ》もついていったんだ」

弦《げん》はなんの感情《かんじょう》もこめずに言《い》った。

でも。

晴歌《はるか》は覚《おぼ》えていた。

雄大《たけひろ》と糸真《しま》、二人《ふたり》の円山動物園《まるやまどうぶつえん》デートをセッティングした日《ひ》は、弦《げん》と晴歌《はるか》もデートだった。

映画《えいが》を見《み》にいくはずだったのに、弦《げん》はなかなか来《こ》なかった。

ギリギリどうにか間《ま》にあったけれど、その日《ひ》のデートはいつも以上《いじょう》に不機嫌《ふきげん》だった。

「……私《わたし》との約束《やくそく》に遅《おく》れてまで、なんで？」

晴歌《はるか》がたずねると、弦《げん》はしばらく考《かんが》えた。

「興味《きょうみ》あったから？」

そして短《みじか》くそう言《い》うと、また歩《ある》きはじめる。

弦《げん》の言葉《ことば》に、晴歌《はるか》はショックを受《う》けた。

でもあわてて、弦《げん》の後《あと》を追《お》った。

糸真《しま》はしばらく走《はし》ったところで、木《き》の根《ね》っこに思《おも》いきりつまずいた。

「いったぁ」

起《お》きあがろうとしたけれど、激痛《げきつう》が走《はし》った。

糸真《しま》はその場《ば》に座《すわ》りこんだまま、顔《かお》をゆがませた。


夕方《ゆうがた》になり、みんなはロッジに戻《もど》ってきた。そろそろ夕飯《ゆうはん》のカレーができあがる。

でも、糸真《しま》と雄大《たけひろ》が帰《かえ》ってこない。

「糸真《しま》たち遅《おそ》いね」

晴歌《はるか》が言《い》った。

「うん」

和央《わお》がうなずいたとき、雄大《たけひろ》がもどってきた。

「あれ？　一人《ひとり》？　糸真《しま》ちゃんは？」

弓《ゆみ》がたずねる。

「なんか、はぐれちゃって……」

雄大《たけひろ》はバツが悪《わる》そうに言《い》った。

「えええ！」

その場《ば》にいたみんなはいっせいに雄大《たけひろ》を見《み》た。

「スマホ、電話《でんわ》通《つう》じないのよね？」

弓《ゆみ》が和央《わお》を見《み》る。

「うん、どうしよう」

和央《わお》は不安《ふあん》げに空《そら》を見《み》あげた。オレンジ色《いろ》だった空《そら》は、だんだんと紺色《こんいろ》に染《そ》まりかけている。

「……ごめんなさい」

雄大《たけひろ》がしゅんとしてうつむいたところに、弦《げん》がドスドスと近《ちか》づいていく。

「ごめんじゃねぇよ！　おまえ、女一人《おんなひとり》にしてなにしてんだよ！」

ふざけんな。

小《ちい》さくつぶやき、弦《げん》は走《はし》りだした。

和央《わお》はハッとして、近《ちか》くにある懐中電灯《かいちゅうでんとう》をつかんだ。

「弦《げん》！」

声《こえ》をかけ、振《ふ》りかえった弦《げん》に懐中電灯《かいちゅうでんとう》をわたす。

「僕《ぼく》、こっち行《い》くから！」

和央《わお》は、弦《げん》と反対《はんたい》の方《ほう》に走《はし》っていく。

晴歌《はるか》は走《はし》りさる弦《げん》の背中《せなか》を見《み》つめていた。


「しまぁー！　しまー！」

和央《わお》も、弦《げん》も、林《はやし》の木々《きぎ》の中《なか》をあちこち走《はし》りまわる。


立《た》ちあがろうと思《おも》うのだけど、力《ちから》が入《はい》らない。

糸真《しま》は木《き》の根《ね》の部分《ぶぶん》に座《すわ》りこみ、痛《いた》む右足《みぎあし》をさすっていた。

「だれか……」

スマホを取《と》りだしてかけてみても、通《つう》じない。

糸真《しま》は空《そら》をあおいだ。高《たか》くそびえる木々《きぎ》の間《あいだ》から見《み》える空《そら》は、もうまっくらだ。

「いったぁ……」

ため息《いき》をつき、スマホを見《み》てみた。でも、電波《でんぱ》が通《つう》じない。

糸真《しま》はふと、さっき撮《と》った湖《みずうみ》の写真《しゃしん》を見《み》た。

美《うつく》しい水面《すいめん》に、あたりの木々《きぎ》が映《うつ》っている。

きれいな景色《けしき》……。

『糸真《しま》はだれに教《おし》えたくなる？』

前《まえ》に、きれいなものをだれに教《おし》えたくなるかとたずねてきた和央《わお》の言葉《ことば》を思《おも》い出《だ》し、糸真《しま》はもう一度《いちど》ため息《いき》をついた。

見《み》せたかったのは、だれ？

いっしょに見《み》たかったのは、だれ？

頭《あたま》の中《なか》に浮《う》かんでくるのは、晴歌《はるか》とキスをしていた弦《げん》の姿《すがた》で……。

カサカサ、カサカサ。

静《しず》まりかえる中《なか》、木々《きぎ》の葉《は》が風《かぜ》に揺《ゆ》れる音《おと》だけが、聞《き》こえてくる。

でもかすかに……。

「しーまぁぁぁ！」

どこからか、声《こえ》が、聞《き》こえてきた。

「げん……？」

糸真《しま》は近《ちか》くの木《き》につかまって、どうにか立《た》ちあがった。

「しーまぁぁぁぁ！」

「げ――――――――――ん！」

糸真《しま》は声《こえ》のかぎり叫《さけ》んだ。

「しーまぁぁぁぁ！」

だんだんと、弦《げん》の声《こえ》が近《ちか》づいてくる。

「げ――――――ん！」

そしてついに、弦《げん》が糸真《しま》に気《き》づいた。

「糸真《しま》？　糸真《しま》！」

弦《げん》の姿《すがた》が見《み》えた。

だんだんと、視界《しかい》が涙《なみだ》でにじんでくる。

「あーあー、なにやってんだよ、おまえは」

こっちに歩《ある》いてくる弦《げん》は、怖《こわ》い顔《かお》をしている。

「ごめんなさい」

近《ちか》づいていこうとしたけれど、

「いたっ」

糸真《しま》は顔《かお》をしかめた。

「ケガしてんのか？」

「……うん、でもだいじょうぶ、歩《ある》けるから」

そう言《い》って一歩《いっぽ》踏《ふ》みだそうとしたけれど、右足《みぎあし》に痛《いた》みが走《はし》る。

「つたく、世話《せわ》が焼《や》けるやつだな」

弦《げん》は糸真《しま》に背中《せなか》を向《む》けて座《すわ》りこんだ。

「ほら」

「え？　でも、晴歌《はるか》に悪《わる》いよ」

「はぁ？　よくわかんねぇし。いいから早《はや》くしろ。……早《はや》く！」

弦《げん》は背中《せなか》を向《む》けたまま、動《うご》こうとしない。

「……うん」

糸真《しま》は弦《げん》の背中《せなか》に体《からだ》をあずけた。

弦《げん》は糸真《しま》をおぶって立《た》ちあがり、歩《ある》きだす。

月明《つきあ》かりに照《て》らされる弦《げん》の肩《かた》やうなじを、糸真《しま》はドキドキしながら見《み》つめた。

そして弦《げん》の肩《かた》を、ぎゅっとつかんだ。

夕食後《ゆうしょくご》、みんなは後片付《あとかたづ》けをしていた。

足首《あしくび》に包帯《ほうたい》を巻《ま》いてもらった糸真《しま》は、すこし離《はな》れたところで椅子《いす》に座《すわ》って、その様子《ようす》を見《み》ていた。

夏《なつ》とはいえ、夜《よる》になるとかなり気温《きおん》が下《さ》がる。

糸真《しま》はブランケットを肩《かた》にかけていた。

目《め》の前《まえ》で、バーベキューのために用意《ようい》した炭《すみ》をおこして燃《も》やし、暖《だん》を取《と》っている。

糸真《しま》がぼんやりとその火《ひ》を見《み》つめていると、和央《わお》が近《ちか》づいてきた。

「糸真《しま》、足《あし》、だいじょうぶ？」

和央《わお》は糸真《しま》のとなりに腰《こし》をおろした。

「うん、ありがとう。私《わたし》、ドジすぎるよね」

へへ。

肩《かた》をすくめた糸真《しま》を、和央《わお》が心配《しんぱい》そうに見《み》つめる。

そこに弦《げん》が歩《ある》いてきた。

手《て》には花火《はなび》の袋《ふくろ》を持《も》っている。

「ほら」

弦《げん》は袋《ふくろ》の中《なか》から花火《はなび》を取《と》って糸真《しま》にさしだした。

「……あ、ありがとう」

弦《げん》は自分《じぶん》も一本《いっぽん》取《と》って、火《ひ》を点《つ》ける。

「ん」

そして糸真《しま》の方《ほう》にさしだした。

糸真《しま》は弦《げん》の花火《はなび》から火《ひ》をもらう。

「あ、点《つ》いた」

パチパチと燃《も》える花火《はなび》を見《み》ていると、なんだかうれしくて、笑顔《えがお》になってしまう。

カシャリ。

シャッターを切《き》る音《おと》がした。

「え？」

顔《かお》をあげると、和央《わお》がスマホで写真《しゃしん》を撮《と》っていた。

「あとで、送《おく》るよ」

和央《わお》はいたずらっ子《こ》のように笑《わら》っている。

「はい、チーズ」

和央《わお》は何枚《なんまい》もシャッターを切《き》るけれど、

「もういいよ」

弦《げん》が照《て》れたような、迷惑《めいわく》そうな顔《かお》をする。

「おう、やるか」

弦は和央《わお》にも花火《はなび》をさしだした。

「やる」

和央《わお》が選《えら》んだのは、シュールッと勢《いきお》いよく火《ひ》が出《で》る花火《はなび》だ。

「おおーすごい！」

「きれいだね」

三人《にん》はそのままおだやかな表情《ひょうじょう》で、花火《はなび》を見《み》ていた。

晴歌《はるか》は、三人《にん》を見《み》ていた。花火《はなび》の火《ひ》に浮《う》かびあがる三人《にん》の表情《ひょうじょう》を見《み》ていると、どこかかわりこめない雰囲気《ふんいき》がある。雄大《たけひろ》もそう感《かん》じているのか、晴歌《はるか》のそばで花火《はなび》を二本《ほんも》持ったまま立《た》ちつくしている。

晴歌《はるか》は雄大《たけひろ》の背中《せなか》をポンと押《お》すと、三人《にん》の方《ほう》へ向《む》かった。

雄大《たけひろ》もあわてて晴歌《はるか》の後《あと》を追《お》う。

「私《わたし》もやりたい」

晴歌《はるか》は弦《げん》に駆《か》けよった。

「和央《わお》」

弓《ゆみ》が声《こえ》をかけてきて、和央《わお》は炊事場《すいじば》の方《ほう》に行《い》ってしまう。

「ねえ、あっちでやろう」

晴歌《はるか》は弦《げん》に声《こえ》をかけた。

「おう」

弦《げん》は晴歌《はるか》についていく。

糸真《しま》が弦《げん》のうしろ姿《すがた》を見送《みおく》っていると、雄大《たけひろ》がとなりに腰《こし》をおろした。

「さっきは、ごめん」

「……私《わたし》こそ。ごめんね」

おたがいに謝《あやま》ったけれど、やっぱり気《き》まずい。

「糸真《しま》ちゃん、やろ」

雄大《たけひろ》が、手《て》にしていた花火《はなび》に火《ひ》を点《つ》けようとする。

「うわ、ピンクだ」

「俺《おれ》の緑《みどり》」

と、背後《はいご》から晴歌《はるか》と弦《げん》の声《こえ》が聞《き》こえてくる。

糸真《しま》はついそっちが気《き》になってしまう。

「糸真《しま》ちゃん、点《つ》いた！」

雄大《たけひろ》の声《こえ》にハッとして、糸真《しま》は雄大《たけひろ》と花火《はなび》をはじめた。

9. 本当《ほんとう》の気持《きも》ち

みんなでキャンプに行《い》ってから月日《つきひ》は経《た》ち……もう今年《ことし》も終《お》わりに近《ちか》づいてきたころ、糸真《しま》は学校《がっこう》の近《ちか》くのカフェに雄大《たけひろ》を呼《よ》びだした。

「ごめんなさい」

糸真《しま》は、向《む》かい側《がわ》の席《せき》に座《すわ》る雄大《たけひろ》に頭《あたま》をさげた。

深刻《しんこく》な顔《かお》で座《すわ》っていた糸真《しま》に、雄大《たけひろ》があらためて「つきあってほしい」と言《い》ってきたのだけれど、こたえることはできそうもない。

「……そっか」

いつも元気《げんき》な雄大《たけひろ》が、小声《こごえ》で言《い》う。

「ごめんなさい」

糸真《しま》は顔《かお》をあげることができない。

「そんな謝《あやま》んないでよ。なんとなくそうかなって思《おも》ってたし」

雄大《たけひろ》はハハハハ、と笑《わら》った。

糸真《しま》はどうしていいかわからずに、とりあえず目《め》の前《まえ》のジュースを飲《の》む。

「あの、糸真《しま》ちゃんさ、本当《ほんとう》は好《す》きな人《ひと》、いるんじゃない？」

「え？」

糸真《しま》はおどろいて顔《かお》をあげた。

「キャンプのとき国重《くにしげ》たちのこと見《み》たときから、なんか変《へん》だなって思《おも》って。あのさ、もしかしたら弦《げん》さんのこと好《す》きなんじゃない？」

雄大《たけひろ》の言葉《ことば》に、糸真《しま》はなにも言《い》えなくなってしまった。

そんな糸真《しま》の様子《ようす》を見《み》て、雄大《たけひろ》は「やっぱり」と頭《あたま》をかく。

「糸真《しま》ちゃんさ、弦《げん》さんに告白《こくはく》してみなよ、ね？」

「いや、それは……」

糸真《しま》が口《くち》ごもっていると、

「あのさ！」

雄大《たけひろ》がテーブルをたたいた。

「このままなにもしないで、糸真《しま》ちゃんはどうしたいわけ？　つきあってる二人《ふたり》を見《み》てあきらめるの？　それになんの意味《いみ》があるの？」

あまりの勢《いきお》いに糸真《しま》がおどろいていると、雄大《たけひろ》は立《た》ちあがった。

「そんなんじゃ！　俺《おれ》があきらめる意味《いみ》わかんないよ！」

大股《おおまた》でドスドスと歩《ある》きながらカフェを出《で》ていく雄大《たけひろ》の背中《せなか》を見送《みおく》りながら、糸真《しま》は申《もう》し訳《わけ》ない気《き》持《も》ちでいっぱいだった。


雄大《たけひろ》からの告白《こくはく》を断《ことわ》った次《つぎ》の日《ひ》。

始業前《しぎょうまえ》の教室《きょうしつ》で、晴歌《はるか》はロッカーによりかかっている弦《げん》の腕《うで》に自分《じぶん》の腕《うで》をからませていた。

「ねぇねぇ、今日《きょう》もお弁当作《べんとうつく》ってきたんだ～見《み》て」

晴歌《はるか》は弦《げん》にお弁当《べんとう》を見《み》せている。

糸真《しま》は二人《ふたり》の様子《ようす》が気《き》になっていたけれど、そぶりは見《み》せずに自分《じぶん》の席《せき》に座《すわ》っていた。

「晴歌《はるか》、お弁当作《べんとうつく》ってきたの？　すごーい」

怜英《さとえ》が声《こえ》をあげる。

「これ、弦《げん》が好《す》きって言《い》ってたやつ」

晴歌《はるか》はお弁当箱《べんとうばこ》の中身《なかみ》をさす。

「あぁ」

「こっちは、今回《こんかい》はじめて挑戦《ちょうせん》したやつ」

「はいはい」

二人《ふたり》のやりとりを背中《せなか》で聞《き》きながら、糸真《しま》はじっとしていた。

そんな糸真《しま》を、和央《わお》が心配《しんぱい》そうに見《み》つめていた。


昼休《ひるやす》み、和央《わお》と弦《げん》は二人《ふたり》で廊下《ろうか》のベンチにいた。

「はぁ、なんだかな」

弦《げん》はお弁当箱《べんとうばこ》をのぞきこんで大《おお》きなため息《いき》をついている。

和央《わお》が見《み》てみると、ハートマークののりがご飯《はん》にのっていたりと手《て》がこんでいて、品数《しなかず》も多《おお》く、とびきり豪華《ごうか》だ。

「……ねえ、弦《げん》さ。国重晴歌《くにしげはるか》の好《す》きなところ三《みっ》つ言《い》ってみて」

和央《わお》は言《い》った。

「は？　なんで？」

弦《げん》がぎょっとして和央《わお》を見《み》ている。

「いいから言《い》ってみてよ」

「話《はな》しやすい……弁当《べんとう》うまい……」

「あとは？」

和央《わお》は弦《げん》にグイッと迫《せま》ってくる。

「おまえ、なんか俺《おれ》のこと責《せ》めてる？」

弦《げん》は和央《わお》をちらりと見《み》た。

「責《せ》めてるっていうか」

「じゃあおまえは姉《ねえ》ちゃんのどこが好《す》きなんだよ？」

「全部《ぜんぶ》」

和央《わお》は弦《げん》が全部《ぜんぶ》言《い》いおわる前《まえ》に即答《そくとう》した。

「あっそ」

弦《げん》はあきれ顔《がお》で和央《わお》を見《み》る。そして……。

「あああああっ」

弦《げん》の大《おお》きなため息《いき》が、秋《あき》の青空《あおぞら》にとけていった。

次《つぎ》の日《ひ》の放課後《ほうかご》、弦《げん》は晴歌《はるか》を体育館《たいいくかん》に呼《よ》びだした。

なかなか来《こ》ないのでバスケをしながら待《ま》っていると、ようやく、晴歌《はるか》がやってきた。

「おう」

弦《げん》が声《こえ》をかけると、晴歌《はるか》は転《ころ》がってきたボールを弦《げん》に投《な》げてくる。

二人《ふたり》は黙《だま》ったままドリブルをしていたけれど、弦《げん》はボールを手《て》ばなして、ベンチに腰《こし》をおろした。

晴歌《はるか》もベンチにやってきて、すこし間《あいだ》を空《あ》けてとなりに座《すわ》る。

そのまま数秒《すうびょう》、おたがいになにも言《い》わずに時《とき》が流《なが》れる。弦《げん》はとなりの晴歌《はるか》に視線《しせん》を移《うつ》した。

いつもはおしゃべりな晴歌《はるか》が、唇《くちびる》をぎゅっとかみしめてうつむいている。

弦《げん》は決心《けっしん》して、ベンチの上《うえ》に飛《と》びのり、晴歌《はるか》の方《ほう》を向《む》いて正座《せいざ》をした。

「国重《くにしげ》、悪《わる》い」

弦《げん》は頭《あたま》をさげ、そのままじっとしていた。

晴歌《はるか》はなにも言《い》わなかった。

そして、ハハッ、と声《こえ》をあげて笑《わら》った。

「弦《げん》は……私《わたし》のこと好《す》きでつきあってくれた？」

ようやく口《くち》を開《ひら》いたかと思《おも》うと、そんなことを言《い》う。

「……あんまり考《かんが》えたことなかった」

弦《げん》は顔《かお》をあげて、正直《しょうじき》な気持《きも》ちを口《くち》にした。

「……そっか」

「だけど、嫌《きら》いなヤツとはつきあわない」

弦《げん》はきっぱりと言《い》った。晴歌《はるか》はまた黙《だま》りこむ。

「でもおまえとは、つきあう前《まえ》の方《ほう》が、つきあいやすい」

「ようするに、友《とも》だちってことだね」

「……悪《わる》い」

弦《げん》がもう一度《いちど》頭《あたま》をさげようとすると、目《め》の前《まえ》にすっと右手《みぎて》がさしだされた。

わけがわからずに、弦《げん》はその手《て》を握《にぎ》りかえす。

すると晴歌《はるか》は握手《あくしゅ》をしたまま、手《て》をブンブンとふった。

「今《いま》まで、ありがとう！」

晴歌《はるか》は満面《まんめん》に笑《え》みを浮《う》かべて言《い》った。

「おう」

予想外《よそうがい》の展開《てんかい》に、弦《げん》は思《おも》わず面《めん》くらってしまう。

「じゃあね！」

晴歌《はるか》は笑顔《えがお》で手《て》をふって、走《はし》っていった。

でも……。

走《はし》りながら、晴歌《はるか》は何度《なんど》も何度《なんど》も涙《なみだ》をぬぐっている。

だんだんと小《ちい》さくなっていく晴歌《はるか》の背中《せなか》を見《み》て、弦《げん》の胸《むね》は痛《いた》んだ。


糸真《しま》は一人《ひとり》トイレに入《はい》って、鏡《かがみ》に自分《じぶん》の顔《かお》を映《うつ》してみた。

鏡《かがみ》の中《なか》には、今《いま》にも泣《な》きだしそうな、どんよりした顔《かお》の自分《じぶん》がいた。

サイアクだ。

さえない顔《かお》でトイレから出《で》ると、腕組《うでぐ》みをした晴歌《はるか》が待《ま》ちかまえていた。

「晴歌《はるか》……」

「糸真《しま》に話《はなし》があるんだ」

晴歌《はるか》はいつもよりも低《ひく》い声《こえ》で、言《い》った。

「私《わたし》さ、弦《げん》と別《わか》れたから」

一瞬《いっしゅん》、なにを言《い》っているのかわからずに、糸真《しま》はきょとんとしてしまった。

「糸真《しま》は？　私《わたし》に話《はなし》、ないの？」

晴歌《はるか》はすべてを見《み》すかしたように、糸真《しま》にグイッと迫《せま》ってくる。

糸真《しま》がなにも言《い》えずにいると、晴歌《はるか》はスマホを操作《そうさ》して、画面《がめん》を見《み》せてきた。

『ダメだった。糸真《しま》ちゃんには好《す》きな人《ひと》がいるみたいだね、国重《くにしげ》は気《き》づかなかった？』

メールの差出人《さしだしにん》は、雄大《たけひろ》だ。

「金《かな》やんからメール来《き》た」

晴歌《はるか》がスマホの画面《がめん》を糸真《しま》に見《み》せたまま、

「好《す》きな人《ひと》ってだれ？　私《わたし》はなにも知《し》らない。だって糸真《しま》はなにも言《い》わないから！」

と、たずねてくる。

そう、晴歌《はるか》の言《い》うとおりだ。

晴歌《はるか》が弦《げん》に告白《こくはく》したときも、つきあいだしたときも、雄大《たけひろ》を紹介《しょうかい》してくれると言《い》ったときも、
糸真《しま》はなにも言《い》わなかった。

あのころは自分《じぶん》の気持《きも》ちがわからなくて……というのは言《い》い訳《わけ》だ。

逃《に》げていただけだ。

卑怯者《ひきょうもの》だ。

だけど、そんな糸真《しま》にも、わかったことがある。

「弦《げん》が好《す》き」

糸真《しま》ははっきりと、言《い》った。

「いつからだよ、バーカ！」

晴歌《はるか》が声《こえ》をあげる。

それは、わからない。気《き》がついたら、弦《げん》を目《め》で追《お》っていた。

でも、晴歌《はるか》といっしょにいる弦《げん》を見《み》るのはつらくて、目《め》をそらすようになった。

キスする二人《ふたり》を見《み》たときは、心臓《しんぞう》が痛《いた》くてたまらなかった。

糸真《しま》がなにも言《い》えずにいると、晴歌《はるか》はくるりと背中《せなか》を向《む》けた。

「バーカ！」

晴歌《はるか》は叫《さけ》びながら、走《はし》っていく。糸真《しま》はあわてて、後《あと》を追《お》った。

「バカ、バカ、バーカ！」

大声《おおごえ》をあげて走《はし》る晴歌《はるか》と、追《お》う糸真《しま》を、校舎《こうしゃ》に残《のこ》っていた生徒《せいと》たちが何事《なにごと》かと目《め》を丸《まる》くして見《み》ている。

でも二人《ふたり》はかまわずに走《はし》りつづけた。

「バカだけど、一生懸命《いっしょうけんめい》考《かんが》えたもん！」

糸真《しま》は晴歌《はるか》の背中《せなか》に向《む》かって叫《さけ》んだ。

「もっと考《かんが》えろ、バカ！」

「まちがいなんじゃないかって、何度《なんど》も考《かんが》えたもん！」

「まちがいだよ、バカ！」

「だけど気《き》づいちゃって、そのときにはもう遅《おそ》くて」

「遅《おそ》いんだよ、バカ！」

「晴歌《はるか》！」

糸真《しま》は真剣《しんけん》な思《おも》いをこめて叫《さけ》んだ。するとようやく、晴歌《はるか》が立《た》ちどまる。

「早《はや》く言《い》え、バカ！」

晴歌《はるか》が振《ふ》りかえった。

「言《い》えないよ！　言《い》えるわけないじゃん！」

糸真《しま》も正直《しょうじき》な思《おも》いを口《くち》にする。

「私《わたし》がハブるからでしょ？」

「ちがう！　……ちがうよ」

必死《ひっし》で訴《うった》える糸真《しま》を、晴歌《はるか》がじっと見《み》ている。

「晴歌《はるか》は友《とも》だちだもん！　はじめてできた友《とも》だちだから。本当《ほんとう》の友《とも》だちだから」

胸《むね》の中《なか》の思《おも》いをはきだしたら、涙《なみだ》が出《で》てきた。

晴歌《はるか》も泣《な》いている。

糸真《しま》は近《ちか》づいていって、晴歌《はるか》に抱《だ》きついた。

晴歌《はるか》も糸真《しま》の背中《せなか》に手《て》をまわす。

二人《ふたり》は抱《だ》きあったまま、声《こえ》をあげて泣《な》きつづけた。


糸真《しま》が泣《な》き疲《つか》れた顔《かお》でとぼとぼと家《いえ》に向《む》かっている途中《とちゅう》、メールが着信《ちゃくしん》した。晴歌《はるか》からだ。

『帰《かえ》りに道庁前《どうちょうまえ》に行《い》ってみて』

書《か》いてあるのは、それだけだ。

糸真《しま》は札幌駅《さっぽろえき》からまっすぐに道《みち》を歩《ある》き、旧道庁《きゅうどうちょう》の門《もん》の前《まえ》までやってきた。

レンガ造《づく》りの旧道庁《きゅうどうちょう》は観光名所《かんこうめいしょ》だけれど、もうこの時間《じかん》にはあまり歩《ある》いている人《ひと》はいない。

まわりをきょろきょろ見《み》まわしていると、向《む》かいの赤《あか》れんがテラス前《まえ》の広場《ひろば》に弦《げん》がいる。

糸真《しま》は横断歩道《おうだんほどう》をわたって弦《げん》に近《ちか》づいていった。

「……なんでいるの？」

糸真《しま》は弦《げん》を見《み》あげた。

「国重《くにしげ》に呼《よ》びだされた。おまえは？」

「私《わたし》も……」

糸真《しま》が言《い》うと、弦《げん》が首《くび》をかしげる。

「国重《くにしげ》となんかあったのか？」

「……ケンカして」

「は？　なんで」

眉《まゆ》をひそめる弦《げん》に、糸真《しま》はなにも言《い》えない。

「言《い》いたくないならいいわ。ったく遅《お》せぇ」

弦《げん》は糸真《しま》に背中《せなか》を向《む》け、あたりを見《み》まわしている。どうやら、晴歌《はるか》が来《く》ると思《おも》っているみたいだ。

「たぶん、来《こ》ないと思《おも》う」

糸真《しま》はすこし離《はな》れて背中《せなか》を向《む》けている弦《げん》に言《い》った。

「はぁ？」

弦《げん》がこっちを振《ふ》りかえろうとする。

糸真《しま》は思《おも》いきって、その弦《げん》の背中《せなか》に抱《だ》きついた。

弦《げん》はおどろいて、固《かた》まっている。

足《あし》にケガをして背負《せお》われた夏《なつ》の日《ひ》みたいに、心臓《しんぞう》が高鳴《たかな》る。

でも今日《きょう》は、気《き》づかれてもいい。

「ケンカの理由《りゆう》、教《おし》えようか？」

糸真《しま》は勇気《ゆうき》をふりしぼって言《い》った。

弦《げん》は黙《だま》ったままだ。

「私《わたし》も女《おんな》だってことだ、バカ」

糸真《しま》が言《い》うと、一瞬《いっしゅん》、時《とき》が止《と》まったようになった。

行《い》きかう車《くるま》の音《おと》や、通《とお》りすがりの人《ひと》の声《こえ》が聞《き》こえなくなって、まるで世界《せかい》に二人《ふたり》しかいないような気持《きも》ちになった。でもまたすぐに、あたりの騒音《そうおん》がもどってくる。

糸真《しま》はじっと、弦《げん》がなにか言《い》ってくれるのを待《ま》った。

「……俺《おれ》って、モテモテなんだな」

弦《げん》の言葉《ことば》に糸真《しま》は気《き》が抜《ぬ》けて、笑《わら》ってしまった。そして、弦《げん》を抱《だ》きしめていた腕《うで》をほどく。

「あの……」

糸真《しま》は振《ふ》りかえった弦《げん》と向《む》かいあった。

「おまえあのでっかい男《おとこ》どうした？」

弦《げん》がたずねてきて、糸真《しま》は「え？」と、言葉《ことば》に詰《つ》まった。

「どうせ、うまくいかなかったんだろ。だから次《つぎ》は俺《おれ》か？」

弦《げん》の言葉《ことば》に、糸真《しま》はハッとした。

たしかに、雄大《たけひろ》をふったばかりなのに、もう遠《とお》い日《ひ》のできごとのように感《かん》じていた。

そして、そんなふうに感《かん》じている自分《じぶん》がイヤになった。

弦《げん》に乗《の》りかえるわけじゃない。

弦《げん》が好《す》きだということに気《き》づいたんだ。

「ちがっ……」

気持《きも》ちを伝《つた》えようとしたけれど、

「フラフラしやがって」

弦《げん》はそんな糸真《しま》をさえぎって言《い》った。

その口調《くちょう》は、とてもけわしい。

「弦《げん》だって晴歌《はるか》と別《わか》れたじゃん」

「あれは……」

「弦《げん》だけには言《い》われたくない！」

糸真《しま》は弦《げん》をにらみつけ、背中《せなか》を向《む》けて駆《か》けだした。

走《はし》って、走《はし》って、走《はし》って……。

弦《げん》は糸真《しま》を追《お》ってこなかった。だんだんと力《ちから》が抜《ぬ》けてきて……糸真《しま》は歩《ある》きはじめた。


夜《よる》、和央《わお》は自分《じぶん》の部屋《へや》で受験勉強《じゅけんべんきょう》をしていた。

すると、糸真《しま》が階段《かいだん》をバタバタとあがってくる足音《あしおと》が聞《き》こえてきた。

糸真《しま》はとなりの部屋《へや》の扉《とびら》を開《あ》けて、中《なか》に入《はい》ったようだ。

和央《わお》は本《ほん》を閉《と》じて、じっととなりの部屋《へや》の気配《けはい》をうかがっていた。

なにがあったかは、だいたい想像《そうぞう》がつく。

和央《わお》は部屋《へや》を出《で》て、糸真《しま》の部屋《へや》のドアをノックしかけた。

でも、中《なか》からかすかにもれてくる泣《な》き声《ごえ》を聞《き》いて、その手《て》をおろした。

それからなんとなく、糸真《しま》の日常《にちじょう》は変化《へんか》した。

和央《わお》と、家《いえ》を出《で》る時間《じかん》をずらした。

いつもの坂道《さかみち》を歩《ある》いて登校《とうこう》している和央《わお》と弦《げん》を、糸真《しま》はうしろからそっと見《み》つめた。


家《いえ》に帰《かえ》ってくると、ひたすら受験勉強《じゅけんべんきょう》にうちこんだ。

ふと、スマホを手《て》にして、カメラロールの写真《しゃしん》を見《み》てみる。

お正月《しょうがつ》に、旭山《あさひやま》の丘《おか》から見《み》た日《ひ》の出《で》、キャンプ場《じょう》でみんなで撮《と》った写真《しゃしん》、きれいな湖《みずうみ》……。

北海道《ほっかいどう》に来《き》てからの写真《しゃしん》がたくさんある。

そして、和央《わお》が送《おく》ってくれた花火《はなび》をしている弦《げん》と糸真《しま》の写真《しゃしん》が目《め》に飛《と》びこんできた。

弦《げん》の手《て》と、糸真《しま》の手《て》。

近《ちか》くて遠《とお》い、二人《ふたり》の手《て》。

糸真《しま》はしばらく考《かんが》えて、スマホのボタンを押《お》した。

削除《さくじょ》するか、しないか、何度《なんど》かためらって……思《おも》いきってすべての写真《しゃしん》を削除《さくじょ》した。

数日後《すうじつご》、糸真《しま》は札幌《さっぽろ》の街《まち》を走《はし》っていた。真智《まち》にすぐビール園《えん》に来《こ》いと呼《よ》びだされたのだ。

到着《とうちゃく》すると、まだランチタイムだというのに、真智《まち》はものすごい勢《いきお》いでビールを飲《の》みながらジンギスカンを食《た》べている。

「んあ～、うんまい！　すいません、おかわり！」

「もう、ちょっともう、やめなよ！」

糸真《しま》が声《こえ》をかけると、

「ええ？　いいじゃん。せっかく来《き》たんだからさぁ」

と、真智《まち》はへらへらしながら、また羊肉《ひつじにく》を鉄鍋《てつなべ》の上《うえ》にのせ、ビールを飲《の》む。

「だいたいさ、いっつも急《きゅう》なの。なんで先《さき》に連絡《れんらく》して来《こ》ないかな」

今回《こんかい》、札幌《さっぽろ》に来《き》ていることさえ知《し》らなかった。

「え～、だって、急《きゅう》に糸真《しま》ちゃんの顔《かお》、見《み》たくなっちゃったんだもぉん」

それにしたって、東京《とうきょう》を発《た》つ前《まえ》に連絡《れんらく》ぐらいいれられるだろうに。

「ねぇねぇ、糸真《しま》ちゃん、彼氏《かれし》できた？」

うっ。

糸真《しま》は言葉《ことば》に詰《つ》まった。一番聞《いちばんき》かれたくないことだ。

「あれ？　どうしたの？　なにかあった？」

「なにもない」

短《みじか》く答《こた》えて、糸真《しま》は黙《だま》った。

「ふーん。ねぇ、糸真《しま》ちゃんさ、大学《だいがく》どこ行《い》くか、決《き》めた？」

真智《まち》が話題《わだい》を変《か》えてくれて、ホッとする。

「家《いえ》から通《かよ》えるところにするつもりだけど」

家《いえ》から近《ちか》くて、今《いま》の実力《じつりょく》で入《はい》れそうな大学《だいがく》。今《いま》のところ、それしか考《かんが》えていない。

「ふーん、ねぇ、糸真《しま》ちゃん」

真智《まち》が身《み》を乗《の》りだしてくる。

「私《わたし》ね、ダンナと別《わか》れましたぁ」

「えっ……」

言葉《ことば》を失《うしな》った、とはまさにこういうことを言《い》うのだろう。

こんなことは今《いま》までもよくあった。真智《まち》は結婚《けっこん》するのも離婚《りこん》するのも、いつも唐突《とうとつ》だった。

でもそれにしても今回《こんかい》は早《はや》すぎやしないか。

「だからぁ、東京《とうきょう》もどってこない？」

真智《まち》はケロッとして言《い》う。

そう来《く》るか。

真智《まち》にはいつもおどろかされる。

東京《とうきょう》になんかもどるわけないじゃん。

言《い》いかえそうとした糸真《しま》は、ふと考《かんが》えて、その言葉《ことば》をのみこんだ。


クリスマス・イブの日《ひ》の夕方《ゆうがた》、糸真《しま》は、スミレを連《つ》れて旭山《あさひやま》の丘《おか》に来《き》ていた。

目《め》の前《まえ》には雪《ゆき》におおわれた札幌《さっぽろ》の景色《けしき》が広《ひろ》がっている。

しばらくその景色《けしき》を見《み》つめていた糸真《しま》の胸《むね》に、ある決意《けつい》が宿《やど》った。


その日《ひ》の夜《よる》、住友家《すみともけ》ではクリスマスパーティが催《もよお》されていた。

「メリークリスマス」

四人《にん》は声《こえ》を合《あ》わせ、乾杯《かんぱい》した。

泰弘《やすひろ》はサンタクロースの帽子《ぼうし》をかぶっている。

スミレもサンタクロースの服《ふく》を着《き》て、参加《さんか》している。

でも糸真《しま》は一人《ひとり》、笑顔《えがお》になれずにいた。

「……糸真《しま》ちゃん、どうしたの？」

さっきからクラッカーを鳴《な》らしたり、一人《ひとり》ではしゃいでいた泰弘《やすひろ》が、声《こえ》をかけてきた。

糸真《しま》は手《て》にしていた箸《はし》を置《お》き、あらためてみんなの顔《かお》を見《み》た。

「あのね、みんなに話《はなし》があるの」

みんながいっせいに糸真《しま》の顔《かお》を見《み》る。

「……私《わたし》ね、東京《とうきょう》の大学受《だいがくう》けようかなと思《おも》って」

糸真《しま》の言葉《ことば》に、みんなは一瞬《いっしゅん》、息《いき》をのんだ。

「え、なんで？　だって、家《いえ》から通《かよ》える場所《ばしょ》にするって言《い》ったじゃん、決《き》めたじゃない」

最初《さいしょ》に口《くち》を開《ひら》いたのは泰弘《やすひろ》だ。

「……うん」

糸真《しま》はうなずいた。

「糸真《しま》？」

和央《わお》が糸真《しま》を見《み》た。

「お母《かあ》さんが、一人《ひとり》になっちゃったから」

「そ、そんな！」

泰弘《やすひろ》は思《おも》わず立《た》ちあがる。

「お父《とう》さん」

由香里《ゆかり》が泰弘《やすひろ》をたしなめて、座《すわ》らせた。

「お父《とう》さん、ごめんね」

糸真《しま》がうつむくと、みんなも黙《だま》りこんだ。

クリスマスツリーの灯《あか》りが点灯《てんとう》するリビングで、スミレがクーンと、さびしそうに鳴《な》いた。


糸真《しま》と和央《わお》は、二階《かい》にあがってきた。

「ねえ、糸真《しま》」

部屋《へや》に入《はい》っていこうとする糸真《しま》に、和央《わお》が声《こえ》をかけてくる。

「ん？」

「弦《げん》はどうするの？」

「弦《げん》のことはもういいの」

糸真《しま》は静《しず》かに言《い》った。

糸真《しま》が弦《げん》に告白《こくはく》した日《ひ》から、弦《げん》とは話《はな》していない。

「本当《ほんとう》に？　本当《ほんとう》にいいの？」

和央《わお》が心配《しんぱい》そうにたずねてくる。

「うん」

糸真《しま》は笑顔《えがお》でうなずいた。

「東京《とうきょう》のこと、弦《げん》には言《い》わないでね。言《い》うなら自分《じぶん》で言《い》うからさ」

「だけど」

「ほら、まだ受《う》かるかわからないし、落《お》ちたらかっこ悪《わる》いじゃん。晴歌《はるか》にも言《い》わないで。二人《ふたり》には受《う》かったら話《はな》すからさ」

おやすみ、和央《わお》。

糸真《しま》は微笑《ほほえ》んで部屋《へや》に入《はい》っていった。

10. そして今《いま》、恋《こい》する私《わたし》はプリンシパルになる

東京《とうきょう》の大学《だいがく》に進学《しんがく》する宣言《せんげん》をしてから、糸真《しま》は人《ひと》が変《か》わったように受験勉強《じゅけんべんきょう》にはげんだ。

今《いま》の実力《じつりょく》で入《はい》れるところに入《はい》ればいいや、という考《かんが》えは捨《す》てて、必死《ひっし》になった。

大晦日《おおみそか》は家族《かぞく》で年越《としこ》しそばを食《た》べて、元旦《がんたん》は初《はつ》もうでに行《い》った。

去年《きょねん》、弦《げん》と行《い》った初《はつ》もうでの光景《こうけい》を思《おも》い出《だ》して胸《むね》がチクリと痛《いた》んだけれど、またすぐに勉強《べんきょう》に頭《あたま》を切《き》りかえた。

来《く》る日《ひ》も来《く》る日《ひ》も、とにかく勉強《べんきょう》した。

部屋《へや》で勉強《べんきょう》して、疲《つか》れるとリビングで寝《ね》ているスミレをなでにいく。

目《め》を覚《さ》ましてクウン、と鳴《な》くスミレに癒《いや》される。

そしてまた勉強《べんきょう》する。そんな生活《せいかつ》がつづいていた。

ある日《ひ》の勉強中《べんきょうちゅう》、英語《えいご》の辞書《じしょ》を取《と》ろうとして本棚《ほんだな》を見《み》ると、となりに立《た》てかけてある絵本《えほん》が目《め》に入《はい》った。

取《と》りだして、読《よ》んでみる。

そして表紙《ひょうし》の『訳《やく》　住友泰弘《すみともやすひろ》』の文字《もじ》を見《み》つめた。

泰弘《やすひろ》は夢《ゆめ》をかなえて翻訳家《ほんやくか》になったんだ。

そして今《いま》、家族《かぞく》を支《ささ》えている。

糸真《しま》も英語《えいご》が好《す》きだし、得意《とくい》だ。

泰弘《やすひろ》の血《ち》を引《ひ》いているのかもしれない。

こんなに子《こ》どもの胸《むね》を打《う》つ絵本《えほん》の文章《ぶんしょう》がつむげるなんて、自分《じぶん》の父親《ちちおや》ながら、尊敬《そんけい》してしまう。

そして、誇《ほこ》らしい。

糸真《しま》は絵本《えほん》を本棚《ほんだな》にもどし、再《ふたた》び机《つくえ》に向《む》かった。


雪《ゆき》の季節《きせつ》もだんだんと終《お》わりかけてきたころ、糸真《しま》は部屋《へや》で荷物《にもつ》を整理《せいり》していた。

糸真《しま》は志望校《しぼうこう》の日本外国語大学《にほんがいこくごだいがく》に合格《ごうかく》した。数日後《すうじつご》には東京《とうきょう》に発《た》つ。

「どう？」

和央《わお》がココアを手《て》に入《はい》ってくる。

「うん、だいたいできたかな」

糸真《しま》の部屋《へや》は、東京《とうきょう》行《い》きの荷物《にもつ》を送《おく》るダンボールでいっぱいだ。

「そっか、そんなに急《いそ》がなくてもいいのに」

ダンボールの間《あいだ》を縫《ぬ》うようにして入《はい》ってきた和央《わお》が、ため息《いき》をつきながらベッドに腰《こし》をおろす。

「ねぇ、糸真《しま》」

「ん？」

「弦《げん》には話《はな》したの？」

「あのね、和央《わお》」

「ん？」

今度《こんど》は糸真《しま》が呼《よ》びかける。

「私《わたし》さ、この街《まち》に引《ひ》っ越《こ》してきて本当《ほんとう》によかったなって思《おも》ってるんだ」

微笑《ほほえ》む糸真《しま》を、和央《わお》がじっと見《み》ている。

「だって、和央《わお》に会《あ》えたし、みんなにも会《あ》えたしさ。それに、お父《とう》さんみたいな翻訳家《ほんやくか》になるって夢《ゆめ》もできたし。ありがとうね」

「糸真《しま》……」

和央《わお》がなにか言《い》いたげに糸真《しま》を見《み》ている。

「私《わたし》、一人《ひとり》で自分《じぶん》の居場所《いばしょ》を見《み》つけるよ。逃《に》げてばかりの弱《よわ》い自分《じぶん》から、今度《こんど》こそ卒業《そつぎょう》するんだ」

にっこりと笑《わら》う糸真《しま》を、和央《わお》は泣《な》きそうな顔《かお》で見《み》ていた。


やがて卒業式《そつぎょうしき》の日《ひ》がやってきた。

式《しき》が終《お》わってから、糸真《しま》は東京《とうきょう》の大学《だいがく》に行《い》くことを伝《つた》えるために、弦《げん》を探《さが》していた。

「弦先《げんせん》ぱ〜い！」

と、廊下《ろうか》の向《む》こうから声《こえ》が聞《き》こえてきたかと思《おも》うと、在校生《ざいこうせい》の女《おんな》の子《こ》たちが全速力《ぜんそくりょく》で走《はし》ってきた。

弦《げん》を探《さが》しているみたいだ。その勢《いきお》いに圧倒《あっとう》されてぼんやりと見《み》ていると、柱《はしら》の陰《かげ》からこっそり顔《かお》をだした弦《げん》と目《め》が合《あ》った。

「あっ」

二人《ふたり》は同時《どうじ》に声《こえ》をあげた。

そのまましばらく無言《むごん》で向《む》かいあっていたけれど、

「なんか、すごいね」

糸真《しま》は先《さき》に口《くち》を開《ひら》いた。

弦《げん》の学生服《がくせいふく》のボタンは、ほとんどむしりとられている。残《のこ》っているものも、取《と》れかかっている。

「あぁ、和央《わお》もすごいけどな」

弦《げん》は苦笑《にがわら》いを浮《う》かべている。

「……あのさ」

糸真《しま》は切《き》りだした。

「……なんだよ」

弦《げん》が口《くち》をとがらせる。

と、そこに後輩女子《こうはいじょし》たちが走《はし》ってきた。

「弦先輩《げんせんぱい》いた！」

「やっべ！」

弦《げん》はあわてて走《はし》りだした。


ちょっと、弦《げん》ったらどこ行《い》くの？

明日《あした》にはもう私《わたし》は東京《とうきょう》に行《い》っていなくなってしまうのに。

今《いま》、自分《じぶん》の口《くち》から直接《ちょくせつ》、弦《げん》に伝《つた》えたかったのに……。

弦《げん》には見事《みごと》にふられちゃったけど、最後《さいご》ぐらいちゃんと仲《なか》なおりして、前《まえ》みたいに憎《にく》まれ口《ぐち》をききあって、笑《わら》いあいたいと思《おも》っていたのに。

糸真《しま》は声《こえ》をかけようとしたけれど、弦《げん》はあっという間《ま》に廊下《ろうか》の角《かど》を曲《ま》がっていった。

「弦先《げんせん》ぱ〜い！」

後輩女子《こうはいじょし》たちは糸真《しま》などまるでそこにいないかのように、目《め》の前《まえ》を走《はし》りぬけていく。

糸真《しま》は一人《ひとり》ポツンと、その場《ば》に残《のこ》された。

「私《わたし》たち、卒業《そつぎょう》おめでとう！」

糸真《しま》たちのクラスの女子《じょし》は卒業式後《そつぎょうしきご》、全員《ぜんいん》でスイーツバイキングに来《き》ていた。

「かんぱーい！」

みんなはいっせいにグラスを合《あ》わせた。

プハー。

ジュースを飲《の》んでみんなで顔《かお》を合《あ》わせ、だれからともなく拍手《はくしゅ》をする。

糸真《しま》は晴歌《はるか》と梨里《りり》、怜英《さとえ》と四人《にん》で同《おな》じテーブルだ。

「ねぇねぇ、この後《あと》どうする？　やっぱカラオケ行《い》く？」

晴歌《はるか》が提案《ていあん》すると、

「いいねえ、いいねぇ！」

梨里《りり》と怜英《さとえ》も賛成《さんせい》する。

「今日《きょう》はオールしちゃおっか？」

「いいねえ、いいねぇ！」

みんなが盛《も》りあがる中《なか》、糸真《しま》はじっと考《かんが》えていた。

そして顔《かお》をあげると、

「あのさ、みんなに話《はなし》あるんだ！」

糸真《しま》はみんなの顔《かお》を順番《じゅんばん》に見《み》た。


和央《わお》は弦《げん》と二人《ふたり》で住友家《すみともけ》に帰《かえ》ってきた。

「あぁぁぁぁぁぁ！」

弦《げん》が和央《わお》のベッドに倒《たお》れこむ。

「なんか、疲《つか》れたね」

和央《わお》も弦《げん》も、制服《せいふく》のボタンは全部《ぜんぶ》なくなった。

「あぁ。しかも俺《おれ》、全滅《ぜんめつ》だった大学《だいがく》ぅ！」

弦《げん》が、手《て》に握《にぎ》っていた紙《かみ》を和央《わお》に見《み》せる。

「まじ？」

「まじ」

弦《げん》は手《て》の中《なか》の通知《つうち》を和央《わお》に見《み》せた。そこには『不合格《ふごうかく》』の文字《もじ》があった。

ほかにもいくつか大学《だいがく》を受験《じゅけん》したけれどすべて不合格《ふごうかく》だった弦《げん》は、最後《さいご》の一校《こう》にも受《う》からなかった。

「……ねぇ、弦《げん》」

「ん？」

「糸真《しま》とは話《はな》したの？」

「……廊下《ろうか》で会《あ》った」

弦《げん》はふてくされたように答《こた》えた。

「それで？」

「それでって……別《べつ》に」

「なにも聞《き》かなかったの？　どこの大学《だいがく》受《う》けたとか、なんでもいいから！」

和央《わお》が顔色《かおいろ》を変《か》えて、弦《げん》に詰《つ》めよってくる。

「なんだよ、急《きゅう》にムキになって」

弦《げん》はけだるげに顔《かお》を起《お》こした。

「もうムリ、我慢《がまん》できない！」

「なんの話《はなし》だよ？」

「糸真《しま》いなくなっちゃうんだよ！　明日《あした》、東京《とうきょう》に行《い》っちゃうんだよ！　弦《げん》はそれでいいの？　糸真《しま》がそばにいなくなってもいいの？　僕《ぼく》はイヤだ。このまま糸真《しま》がいなくなるなんて絶対《ぜったい》イヤだ！　早《はや》く気《き》づけ、早《はや》く素直《すなお》になれ！　バカ弦《げん》！」

和央《わお》が一気《いっき》にまくしたててくる。

弦《げん》は飛《と》びおきて和央《わお》の部屋《へや》を出《で》ると、向《む》かいの部屋《へや》の扉《とびら》を開《あ》けた。

「…………」

そこはもう、弦《げん》の知《し》っている糸真《しま》の部屋《へや》ではなかった。机《つくえ》とベッドが置《お》いてあるだけのガランとした部屋《へや》を前《まえ》に、弦《げん》はぼうぜんと立《た》ちつくした。

第《だい》一志望《しぼう》だった東京《とうきょう》の大学《だいがく》に合格《ごうかく》したから、四月《がつ》からはそこに通《かよ》う。

糸真《しま》の突然《とつぜん》の告白《こくはく》に、三人《にん》はおどろいていた。

「そんな……」

晴歌《はるか》はドリンクのグラスを持《も》ったまま絶句《ぜっく》している。

「しかも明日《あした》って」

「そうだよ、急《きゅう》すぎるよ」

梨里《りり》と怜英《さとえ》もおどろいている。

晴歌《はるか》はしばらく考《かんが》えこんでいた。そして、突然《とつぜん》ハッとして糸真《しま》を見《み》る。

「ねぇ弦《げん》は？　弦《げん》はどうするの？　明日《あした》のこと、弦《げん》には言《い》ったの？」

「弦《げん》は……弦《げん》のことは、もういいの」

糸真《しま》はふっと笑《わら》った。

「いいのってなに！　あきらめるってこと！」

晴歌《はるか》は糸真《しま》に詰《つ》めよってきた。

「まぁまぁまぁ」

「晴歌《はるか》、糸真《しま》だって考《かんが》えた結果《けっか》なんだからさ」

梨里《りり》と怜英《さとえ》があわてて止《と》める。

「考《かんが》えたってなにを考《かんが》えたの！　自分《じぶん》のことしか考《かんが》えてないっしょ！　あたしや金《かな》やんや、弦《げん》のことだって、あんたはなにも考《かんが》えてないよ！　私《わたし》は……私《わたし》はあんただから！　糸真《しま》だから！」

晴歌《はるか》は涙声《なみだごえ》で抗議《こうぎ》してきたかと思《おも》うと、勢《いきお》いよく立《た》ちあがった。

「あんたはさ、自分《じぶん》の気持《きも》ちからいつも逃《に》げだそうとしてんだわ！　たまには、逃《に》げださないで、どこまでもどこまでも、イヤっていうくらい追《お》いかけろよ！」

晴歌《はるか》のあまりの勢《いきお》いに、みんなは圧倒《あっとう》されていた。

と、テーブルに置《お》いてあった糸真《しま》のスマホが音《おと》を立《た》てた。

メールが来《き》ている。

『行《い》くな』

開《ひら》いてみると、弦《げん》からのメールだった。

「どうしたの？」

晴歌《はるか》たちが糸真《しま》の手元《てもと》をのぞきこんでくる。すると、もう一通《つう》メールが届《とど》いた。

『このまま行《い》くな』

それを読《よ》んだ糸真《しま》は、立《た》ちあがり、走《はし》りだそうとした。

するとまたメールが届《とど》いた。

旭山《あさひやま》の丘《おか》でバレエを踊《おど》る、糸真《しま》の写真《しゃしん》だ。

糸真《しま》は画面《がめん》を見《み》つめたまま、動《うご》けずにいた。

だれかにポン、と背中《せなか》をたたかれ、糸真《しま》はおどろいて振《ふ》りかえった。

「行《い》きな」

晴歌《はるか》は糸真《しま》の荷物《にもつ》をわたし、微笑《ほほえ》みながら力強《ちからづよ》くうなずいた。

糸真《しま》は晴歌《はるか》を見《み》つめると、うなずき、店《みせ》を飛《と》びだした。


札幌《さっぽろ》の人波《ひとなみ》を抜《ぬ》け、糸真《しま》は走《はし》った。

そして、やってきた市電《しでん》に乗《の》りこんだ。

もどかしい思《おも》いでいると、ようやく目的《もくてき》の駅《えき》に着《つ》いた。

旭山《あさひやま》の丘《おか》を目指《めざ》してまた走《はし》る。

「げ――――ん！」

夕日《ゆうひ》に染《そ》まる丘《おか》を走《はし》りながら、糸真《しま》は叫《さけ》んだ。

「げ――――――ん！」

丘《おか》の上《うえ》まであがってきて、息《いき》を切《き》らしながらあたりを見《み》まわしてみる。

でも、だれもいない。

糸真《しま》は丘《おか》から、写真《しゃしん》に写《うつ》っていた広場《ひろば》におりてきた。

「バカげ――――――ん！」

でもやっぱり、だれもいない。

弦《げん》はどこにいるんだろう。ここで会《あ》えると思《おも》ったんだけど、ちがったかな。

肩《かた》でハアハアと息《いき》をしていると、

「おい、今《いま》、バカって言《い》ったべ！」

弦《げん》の声《こえ》が聞《き》こえてきた。

振《ふ》りかえると、丘《おか》の上《うえ》から弦《げん》が見《み》おろしている。

「どいつもこいつもバカって言《い》いやがって！」

ぶつぶつ言《い》いながら、弦《げん》が広場《ひろば》につづく階段《かいだん》をおりてきた。

「弦《げん》……」

「おまえ、なんなんだよ。なんで東京《とうきょう》行《い》くって言《い》わねぇんだよ！」

「言《い》おうとしたもん！　したけど！」

「けど、なんだよ！」

「ごめん！」

糸真《しま》は謝《あやま》ると同時《どうじ》に頭《あたま》をさげた。

「しかも明日《あした》ってなんだよ！」

「ごめん！」

ひたすら謝《あやま》る糸真《しま》を、弦《げん》は黙《だま》って見《み》ている。

「私《わたし》ね、やりたいことがあるの！　夢《ゆめ》ができたの！　だから東京《とうきょう》に行《い》くことに決《き》めたの！」

糸真《しま》はそこまで一気《いっき》に言《い》った。

弦《げん》は相変《あいか》わらず、なにも言《い》わない。

「だから……」

糸真《しま》は急《きゅう》に、言葉《ことば》に詰《つ》まる。

「だからなんなんだよ！」

「だから……」

糸真《しま》はつづきが言《い》えずにいた。

「俺《おれ》、今回《こんかい》、全滅《ぜんめつ》だったわ！」

「えぇぇぇ？」

糸真《しま》は口《くち》を開《あ》けて弦《げん》の顔《かお》を見《み》た。

「うっせぇな！　だから来年《らいねん》は、東京《とうきょう》受《う》けることにするわ！」

「えっ」

意外《いがい》な言葉《ことば》の連続《れんぞく》で、糸真《しま》は頭《あたま》が混乱《こんらん》してしまう。

「そしたらまた遊《あそ》べんだろ？」

糸真《しま》はまだよく意味《いみ》が理解《りかい》できずに、弦《げん》を見《み》ていた。

「なんだかよくわかんねぇけど、俺《おれ》は、おまえがいないとつまんないみたいなんだ！」

弦《げん》の言葉《ことば》を聞《き》いた途端《とたん》に、鼻《はな》の奥《おく》がツンとしてくる。

「私《わたし》も、弦《げん》がいないとつまんない！　つまんないよ！」

声《こえ》をあげた糸真《しま》に、弦《げん》が近《ちか》づいてきた。

「だから待《ま》ってろ」

弦《げん》はしっかりと糸真《しま》を見《み》つめて言《い》う。

待《ま》ってる、ずっと待《ま》ってる。

糸真《しま》は泣《な》きながら、何度《なんど》も何度《なんど》もうなずいた。

そんな糸真《しま》を見《み》ていた弦《げん》が、ゆっくり顔《かお》を近《ちか》づけてきて、糸真《しま》の唇《くちびる》を奪《うば》った。

おどろいて目《め》を見開《みひら》いた糸真《しま》だけれど、あわてて目《め》を閉《と》じる。

唇《くちびる》が離《はな》れたとき、糸真《しま》は弦《げん》を見《み》あげた。

「……ねえ」

「ん？」

「私《わたし》、今《いま》、最高《さいこう》に主役《しゅやく》っぽいよね？」

すぐ近《ちか》くにある、弦《げん》の顔《かお》を見《み》てたずねる。

弦《げん》はふっと小《ちい》さく笑《わら》った。

「……もうとっくに主役《しゅやく》だろ」

弦《げん》はそう言《い》うと、今度《こんど》はしっかりと糸真《しま》の肩《かた》を抱《だ》きよせてキスをして……。

さっきよりすこし長《なが》いキスの後《あと》、二人《ふたり》はおたがいの顔《かお》を見《み》つめあった。

そして、弦《げん》は糸真《しま》を抱《だ》きしめた。

糸真《しま》は弦《げん》の胸《むね》に顔《かお》をうずめる。

まっ白《しろ》な雪《ゆき》におおわれた札幌《さっぽろ》の風景《ふうけい》に、抱《だ》きあう二人《ふたり》のシルエットがとけこんでいった。

この本は、映画『プリンシパル～恋する私はヒロインですか？～』（二〇一八年三月公開）をもとにノベライズしたものです。

また、映画『プリンシパル～恋する私はヒロインですか？～』は、マーガレットコミックス『プリンシパル』（いくえみ綾／集英社）を原作として映画化されました。

集英社みらい文庫

プリンシパル
～恋《こい》する私《わたし》はヒロインですか？～
映《えい》画《が》ノベライズ みらい文《ぶん》庫《こ》版《ばん》

いくえみ綾《りょう》 原作／カバーイラスト
百《もも》瀬《せ》しのぶ 著
持地《もちじ》佑《ゆ》季《き》子《こ》 脚本

ファンレターのあて先
〒101-8050 東京都千代田区一ツ橋 2-5-10 集英社みらい文庫編集部
いただいたお便りは編集部から先生におわたしいたします。

2018年1月31日 第1刷発行

発行者 北畠輝幸
発行所 株式会社 集英社
〒101-8050 東京都千代田区一ツ橋 2-5-10
電話 編集部 03-3230-6246
読者係 03-3230-6080
販売部 03-3230-6393（書店専用）
http://miraibunko.jp
装丁 中島由佳理
印刷 大日本印刷株式会社 凸版印刷株式会社
製本 大日本印刷株式会社
★この作品はフィクションです。実在の人物・団体・事件などにはいっさい関係ありません。
ISBN978-4-08-321417-2 C8293 N.D.C.913 184P 18cm

プリンシパル

まんがノベライズ特別編《とくべつへん》

〜弦《げん》の気持《きも》ち、ときどきすみれ〜

いくえみ綾《りょう》・原作《げんさく》／絵《え》

百瀬《ももせ》しのぶ・著《ちょ》

マーガレットコミックス
［プリンシパル］
いくえみ綾《りょう》
本気《ほんき》の恋《こい》に
落《お》ちてみる……!?
王子様系《おうじさまけい》モテ男子《だんし》
桜井和央《さくらいわお》
俺様系《おれさまけい》モテ男子《だんし》
舘林《たてばやし》 弦《げん》
ボッチだった女子高生《じょしこうせい》
住友糸真《すみともしま》
映画《えいが》「プリンシパル～恋《こい》する私《わたし》はヒロインですか？～」
の原作《げんさく》になった大人気《だいにんき》コミック!
全《ぜん》7巻《かん》好評《こうひょう》発売中《はつばいちゅう》!!

第《だい》一印象《いんしょう》最悪《さいあく》な弦《げん》に

カノジョが!?

超《ちょう》いやし系《けい》スマイルの和央《わお》は

まさかの家族《かぞく》に!?

糸真《しま》をとりまく

人間関係《にんげんかんけい》も恋《こい》の行方《ゆくえ》も

なかなか複雑《ふくざつ》!?

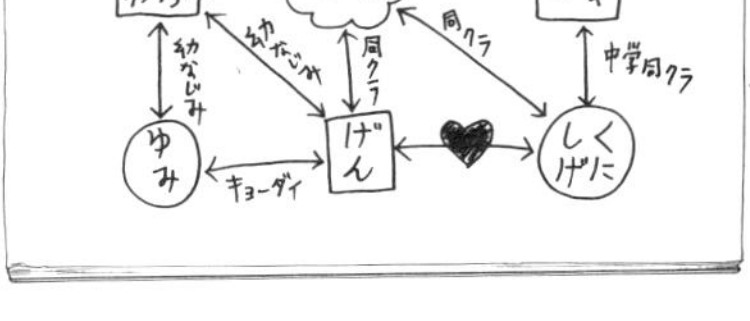

ざされ3人組《にんぐみ》”が、
かけて、マンガ勝負《しょうぶ》に挑《いど》む!!
負《ま》ければ部《ぶ》を永久追放《えいきゅうついほう》。
なのにチームは解散《かいさん》の危機《きき》!?
勝負《しょうぶ》の相手《あいて》は“天才《てんさい》マンガ家《か》”!!
チームはどうなる？　そして、
マンガ勝負《しょうぶ》の行方《ゆくえ》は――??

「みらい文庫《ぶんこ》」読者《どくしゃ》のみなさんへ

言葉《ことば》を学《まな》ぶ、感性《かんせい》を磨《みが》く、創造力《そうぞうりょく》を育《はぐく》む……、読書《どくしょ》は「人間力《にんげんりょく》」を高《たか》めるために欠《か》かせません。たった一枚《いちまい》のページをめくる向《む》こう側《がわ》に、未知《みち》の世界《せかい》、ドキドキのみらいが無限《むげん》に広《ひろ》がっている。これこそが「本《ほん》」だけが持《も》っているパワーです。

学校《がっこう》の朝《あさ》の読書《どくしょ》に、休《やす》み時間《じかん》に、放課後《ほうかご》に……。いつでも、どこでも、すぐに続《つづ》きを読《よ》みたくなるような、魅力《みりょく》に溢《あふ》れる本《ほん》をたくさん揃《そろ》えていきたい。読書《どくしょ》がくれる、心《こころ》がきらきらしたり胸《むね》がきゅんとする瞬間《しゅんかん》を体験《たいけん》してほしい、楽《たの》しんでほしい。みらいの日本《にほん》、そして世界《せかい》を担《にな》うみなさんが、やがて大人《おとな》になった時《とき》、「読書《どくしょ》の魅力《みりょく》を初《はじ》めて知《し》った本《ほん》」「自分《じぶん》のおこづかいで初《はじ》めて買《か》った一冊《いっさつ》」と思《おも》い出《だ》してくれるような作品《さくひん》を一所懸命《いっしょけんめい》、大切《たいせつ》に創《つく》っていきたい。

そんないっぱいの想《おも》いを込《こ》めながら、作家《さっか》の先生方《せんせいがた》と一緒《いっしょ》に、私《わたし》たちは素敵《すてき》な本作《ほんづく》りを続《つづ》けていきます。「みらい文庫《ぶんこ》」は、無限《むげん》の宇宙《うちゅう》に浮《う》かぶ星《ほし》のように、夢《ゆめ》をたたえ輝《かがや》きながら、次々《つぎつぎ》と新《あたら》しく生《う》まれ続《つづ》けます。

本《ほん》を持《も》つ、その手《て》の中《なか》に、ドキドキするみらい――。本《ほん》の宇宙《うちゅう》から、自分《じぶん》だけの健《すこ》やかな空想力《くうそうりょく》を育《そだ》て、〝みらいの星《ほし》〟をたくさん見《み》つけてください。

そして、大切《たいせつ》なこと、大切《たいせつ》な人《ひと》をきちんと守《まも》る、強《つよ》くて、やさしい大人《おとな》になってくれることを心《こころ》から願《ねが》っています。

2011年《ねん》　春《はる》

集英社《しゅうえいしゃ》みらい文庫編集部《ぶんこへんしゅうぶ》